あの愚か者にも脚光を! 6
この素晴らしい世界に祝福を! エクストラ
騎士の誓いをあなたに

あの愚か者にも脚光を！6 騎士の誓いをあなたに

この素晴らしい世界に祝福を！
エクストラ

CONTENTS

口絵・本文イラスト／憂姫はぐれ
口絵・本文デザイン／百足屋ユウコ＋モンマ蚕（ムシカゴグラフィクス）

「もう、今更何を照れているのよ♥」

この素晴らしい世界に祝福を！エクストラ

あの愚か者にも脚光を！6

騎士の誓いをあなたに

原作：暁 なつめ
著：昼熊

角川スニーカー文庫

21974

Character
リーン
職業 ウィザード
ダストのパーティーメンバー。
問題事を起こすダストの保護
者扱いされている節がある。
ダスト
職業 戦士
アクセルの街では、名の知れ
た冒険者らしい。妙な噂もあ
るが、真相を知る者はいない。
ゆんゆん
職業 アークウィザード
魔法使いとしての腕は確かな
のだが、基本は単独行動で
ある。
ロリ
サキュバス
職業 店員
冒険者の男達に極上の夢を提
供するサキュバスの店の店員。
流されやすい性格をしている。
アクア
職業
アークプリースト
ダクネス
職業
クルセイダー
めぐみん
職業
アークウィザード

第一章　あのおてんば姫が騒動を

1

「必要な物はまとめたな、よっし」

「ふぇいとふぉーもできたよ」

荷物をまとめ終わり再確認《さいかくにん》していると、隣《となり》で銀髪《ぎんぱつ》の少女――フェイトフォーがビシッと手を挙げた。

「ちゃんと出来てるな、偉《えら》いぞ。んじゃ、行くか」

いつも通り表情の変化がほとんどないフェイトフォーの頭を撫《な》でると宿屋を出る。

旅支度《たびじたく》は完璧《かんぺき》なので、これでいつでも旅立てる。

一刻も早くアクセルの街から脱出《だっしゅつ》したかったが、仲間にだけは伝えておこうと冒険者《ぼうけんしゃ》ギルドに突入《とつにゅう》して、その姿を探す。

いつもの席に座るテイラー、キース、そしてリーンの後ろ姿が見えた。

フェイトフォーの手を引いて駆《か》け寄ると、言いたい事だけを口にする。

「悪いんだが、しばらく身を隠《かく》すからあとは頼《たの》んだぜ！」

「ちょっと待て。今度は何をやらかしたんだ」

「痴漢《ちかん》か？　覗《のぞ》きか？　詐欺《さぎ》か？　いや、違《ちが》うな。そんなのいつもの事だから、逃《に》げ出したりしねえか。おい、まさかお前……とうとう、やっちまったのか？　年に一回ぐらいは面会に行ってやるから元気でな」

テイラーは逃げられないように俺の腕《うで》を掴《つか》み、キースは適当な事を言って同情した振《ふ》りをしてやがる。

フェイトフォーはリーンが差し出した大量の料理が盛られた皿を受け取って、勢いよく食べ始めている。状況《じょうきょう》が分かってんのか。

「別に何もやらかしてねえよ！　ちょっと訳ありで、数日だけここを離《はな》れねえとヤバいんだって！　おい、こら。放しやがれ！」

こいつらと問答している時間も惜《お》しいってのに。くそっ、テイラーの野郎《やろう》が手を放すどころか握力《あくりょく》が強くなりやがった。

「だから、そのヤバい理由とやらを教えてくれ。納得《なっとく》できたらこの手を放そう。納得できなかった場合は自首に付き合うぞ」

「大人の事情ってやつだ！」

本当の理由を話すには俺の過去を教えないと無理だからな。詳《くわ》しい事情なんて伝えられるわけがねえ。

「これではらちが明かないな。黙《だま》ってないでリーンからも何か言ってやってくれ」

俺が抵抗《ていこう》しているとテイラーがリーンに助け船を求めやがった。

「お前が何を言おうが、俺はこの街を出て行くぜ」

「あら、どうしてアクセルの街を出て行くの？」

リーンが俺の顔をじっと見つめ、なぜか楽しそうに微笑《ほほえ》む。

いつもならバカにするか罵倒《ばとう》するかの二択《たく》なのに、どういう心境の変化だ。

……あれっ？　なんか雰囲気《ふんいき》がいつもと違わねえか？

髪《かみ》を掻《か》き上げながら優雅《ゆうが》に茶を飲んでる。好物の野菜スティックをかじってもない。寝《ね》起《お》きはほぼ毎日野菜を食っているのに珍《めずら》しい事もあるもんだ。

「リーンが今日は大人っぽく見えねえか？」

「キースもそう思ったのか。なんというか……いつもより品があるような」

二人も俺と同じような違和感《いわかん》を覚えていたらしく、リーンに聞こえないような小声で言葉を交《か》わしている。

「ん、みんなどうしたのかしら？」

俺達がまじまじと見つめていたのに気づいたようで、カップを机に置くとこちらに視線を向ける。

その一連の動作が様になっていて、まるで貴族のお茶会のような気品を漂《ただよ》わせて……!?

「あら、ダスト。顔色が悪いわよ？」

そう言っておかしそうに笑う顔を凝視《ぎょうし》する。

リーンの顔がそこにあるが何か違う。視線を下に落とすと、いつもと変わらない服装。

だけど胸のボリュームが明らかに増えてねえか。

おいおい、見栄《みえ》張ってパッドを入れやがったのか？

いや、違うな。女の胸や尻《しり》を追ってきた俺だから分かる。あれは天然だ！

急成長したとかじゃねえよな。じゃあ……もしかして、いや、まさか!?

顔から血の気が引いて、背中から冷や汗《あせ》が一気に噴《ふ》き出る。

「あ、あ、あ、あなたは……」

驚《おどろ》きのあまり声が出ない俺を見てすっと立ち上がると、耳元に唇《くちびる》を近づけた。

「お久しぶりね、ライン・シェイカー」

ゆっくりと視線を合わすと、いたずらが成功した子供のように笑う。

くそ真面目《まじめ》だった騎士《きし》時代に何度も頭を悩《なや》まされた、懐《なつ》かしい顔がそこにあった。

「……リオノール姫様《ひめさま》」

かすれた声でなんとかその名を呼べた。

失言に気づいて慌《あわ》てて自分の口を押さえたが、囁《ささや》くような声しか出なかったので、テイラーもキースも聞こえなかったようだ。

なんで今の今まで気づかなかった。このいたずらが成功した時の笑《え》みは……騎士時代に何かと世話になった……いや、違うな。何かと世話をしたお方だ。

破天荒《はてんこう》で自由奔放《じゆうほんぽう》な王族らしくない姫。他人の前で自分を取り繕《つくろ》うのだけは天下一品で、相手を油断させた隙《すき》に、いたずらや脱走するのが趣味《しゅみ》のような人だった。

姫がアクセルの街に迫《せま》っているとフェイトフォーから聞いて、俺は厄介事《やっかいごと》に巻き込まれる前に姿を隠そうと決めたのに、先を越《こ》されるとは！

まさか、既《すで》にリーンと入れ替《か》わっているとは思いもしなかった。

双子《ふたご》のように顔がそっくりなのは分かっていたが、髪を同じにするとここまで似ているのか。一見しただけでどっちがどっちか当てるのは至難の業《わざ》だ。

二人の決定的な違いは髪色で、リーンは茶、リオノール姫は金。だけど、目の前にいるリーンに化けたリオノール姫の髪色は茶色。

髪色は愛用している変装用の魔道具《まどうぐ》を使用したのだろう。城を脱走して城下で遊び歩く時によくやっていた手口だから。

実は髪色以外でも、よく見ると細かい違いはある。とはいえ、両方を知っている俺だから気づけるような、ほんの小さな違和感だけど。

リーンと初めて会った時は、俺もテイラー達みたいに見分けが付かなかった。

このアクセルの街に来て初めてリーンを見た時、リオノール姫と勘違《かんちが》いして近づいたんだよな。今回はその逆バージョンかよ。

「リオノ……リーン。ちょっと話があるからこっちに来てくれ」

「なーに、ダスト」

甘えた声で返事しないでくれ。顔がそっくりで服装もリーンと同じだから怖《こわ》いんだよ。

テイラー達から離れて、人の少ないギルドの隅《すみ》の方へ引っ張っていく。

「こんなところで何をする気なの？　見ないうちにかなり大胆《だいたん》になったのね。昼間っから公衆の面前でどんなエロい事されるのかしら。きゃっ」

頬《ほお》に手を当てて恥《は》ずかしがるような素振《そぶ》りをしている。

「もう、いいですから。リオノール姫」

「あら、もっと会話を楽しみましょうよ。久しぶりなんだから」

俺の胸に指をすーっと滑《すべ》らすと妖艶《ようえん》な笑みを浮《う》かべる。

何も知らない男なら、その笑みにくらっとくるのかもしれないが、俺はもう慣れてしまった。

「はあああっ。一国のお姫様が、こんなところで何を？　あと本物のリーンをどこにやりやがりました？」

「フォーちゃんから伝言を聞いているでしょ。会いに来ちゃった。あと、リーンちゃんは丁重《ていちょう》に私の身代わりとして確保されたわ」

「……マジか」

「大マジよ。この街に着いて脱走する際に、リーンちゃんが泊《と》まっている宿屋に偶然逃げ込んだの。で、その騒動《そうどう》で部屋から出たところを間違えて確保されちゃった。ううっ、かわいそうに」

ハンカチで目元を拭《ぬぐ》う素振りをしているが、涙《なみだ》は一滴《てき》も出ていない。

「偶然じゃなくて、狙《ねら》ってやりましたよね？」

「リオノール、なんの事か分かんなーい」

小首を傾《かし》げて惚《とぼ》けているが確信犯だ。

昔から人を騙《だま》して計画的に脱走するなんてお手の物だった。俺のいる場所を調べてリーンの事も把握《はあく》した上で実行したに違いない。

そういう事を平然とやるお方だ。

「その髪色もあの魔道具を使いましたよね。雑な変装だけど、リーンに化けるには十分か」

「城下街だと一発で見抜《みぬ》かれるけど、リーンちゃんと並んだらどっちがどっちか分からないぐらいそっくりだからね。私も驚いたわよ。似てるという報告は受けていたけど、まさかここまで似てるなんて」

そうだよな。目の前にいる今だってリーンにしか見えない。実は双子の姉妹だと言われても信じてしまいそうだ。

……本当に王族の血を引いた隠《かく》し子とかいうオチじゃないだろうな。

「安心して。あの子は王族となんの関係もないわよ。そこは調べておいたから。もし、お父様の隠し子だったら、弱み握《にぎ》れて面白《おもしろ》かったのに」

「それはどうも」

表情に出ていたのか、俺が分かりやすいのか、リオノール姫が鋭《するど》いのか。どっちものような気はする。

「まあ、そういう事だから。しばらく冒険者《ぼうけんしゃ》リーンとして暮らすので、よろしくね！」

「あのー、一応訊《き》きますけど拒否権《きょひけん》は？」

「ないわね！　大丈夫《だいじょうぶ》、飽《あ》きたらリーンちゃんは返してあげるわよ。それとも、ライン……じゃなくて、今はダストだったわね。ダストが直接返してくれって訴《うった》えに行ってみる？　この街の貴族の屋敷《やしき》に滞在《たいざい》しているわよ」

俺が行けないのを分かって言ってるな。

あの一件で何もかも失った俺が、今更《いまさら》どの面《つら》下げてあの国の連中に……。

とりあえず居場所は分かったから、リーンの身はひとまず安心か。

リオノール姫の身の回りの世話をしている連中は、リーンが勘違いだと訴えても「いつものご冗談《じょうだん》ですか」と聞く耳を持たないに決まっている。

今日は芝居《しばい》が長いな、とでも思って適当に扱《あつか》いそうだ。

もし、正体がバレたとしても乱暴に扱うような真似《まね》はしないはずだ。

それは騎士時代の付き合いで理解している。

「ねえ、ダストって呼びにくいんだけど」

「姫が……この名前を名乗れって言ったんでしょうが！」

理不尽《りふじん》な事を言われて思わず大声で怒鳴《どな》ってしまい、慌てて自分の口に手を当てた。

近くにいたギルドの連中が俺の方を指さして、こそこそと何やら言っている。

「借金を頼んだら断られたのよきっと」

「リーンの事を姫とか言ってなかった？　そこまで媚《こ》びるぐらい追い込まれているのよ。悲惨《ひさん》ねー、ああはなりたくないわ」

好き勝手な事を言っている連中に、手を振《ふ》って向こうに行けと追い払《はら》う。

「そういや、私が直々にダストって命名したのよね。私の言った事なんて無視して好き勝手に名乗ればいいのに。昔っから律儀《りちぎ》よね」

「ほっといてください」

「腰《こし》の剣《けん》は、あの時に私が渡《わた》した物よね。大事に扱ってくれているみたいでうれしいわ」

ちらっと俺の腰に目をやってから、何か言いたげな視線を俺に向けた。

「…………」

「ふふ。そういうところが好きよ。さーて、今からリーンちゃんなんだから、敬語とかも無しでいつもみたいに接するように。いいわね」

「分かりま……分かったよ」

このなし崩《くず》し的に厄介事に巻き込まれていく感じ。久しく忘れていたが、騎士時代はいつもの日常だったな。

引っ張り回され、同僚《どうりょう》や団長には同情されて、お偉《えら》いさんには睨《にら》まれて……懐かしい日々だと笑えるほど穏《おだ》やかな日常ではなかった。

ほんとううううううに、苦労したなぁ。

「はああああああああああああああぁ」

「なーに、黄昏《たそが》れてんのよ。私と会えて嬉《うれ》しいくせに、このこのー」

肘《ひじ》で脇腹《わきばら》をぐりぐりするリオノール姫に文句の一つも言いたくなったが、大きく息を吐《は》いて言葉を呑《の》み込んだ。

「ほーら、お仲間さんのところに戻《もど》るわよ。ちゃんと、私の正体がバレないようにフォローしなさいよ」

「はいはい、分かりま……分かったよ」

「よろしい」

久しぶりに会ったというのに、気がついたらリオノール姫のペースに乗せられている。

このワガママっぷりはいつもの事だ。二、三日付き合えば満足してくれるはず。

ただ、その数日が俺にとってどれだけの負担になるか。想像するだけでぞっとした。

「今日はクエスト受けないの？」

仲間のところに戻ってから少しの間は大人しくしていたリオノール姫だったが、直《す》ぐに辛抱《しんぼう》できなくなったようだ。

「最近、儲《もう》かったばかりだからな。金に困ってねえから、しばらくはクエスト受けませ……ねえよ」

ダメだ。この方を前にすると昔の癖《くせ》で言葉遣《ことばづか》いがおかしくなる。もっと意識して会話しないとやべえな。

リオノール姫が何を考えているのかは予想が付く。

せっかく冒険者リーンに化けたのだから、それっぽい事の一つでもやりたいんだろう。

俺としては危険な真似をさせるわけにはいかないので、先手を打っておく。万が一にでも怪我《けが》をさせたら、あの髭執事《ひげしつじ》に何を言われるか。

「ダスト、もう金がないって言ってなかったか？　フェイトフォーの食費で全部吹《ふ》っ飛んだと」

テイラーがちらっとテーブルの端《はし》に目をやると、そこには順調に皿を積み重ねていく少女がいた。

そんなやり取りを眺《なが》めていたリオノール姫の口角が吊《つ》り上がる。

あれは悪巧《わるだく》みを思いついた顔だ。

「じゃあ、クエストを受けないとね。ダスト、ダスト」

手招きをしているから顔を近づけると、甘い声で囁く。

「私の正体がバレないように協力してくれるなら、今後フォーちゃんの食費をブライドル王国が受け持つってのでどう？」

「よーし、てめえら。張り切って仕事すんぞ！」

「自分から言っておいてなんだけど、そんなんでいいの？」

そんなの……か。分かってねえな。それが俺の懐《ふところ》にどれだけの被害《ひがい》を与《あた》えているのかを。夜飲み歩く回数も激減。借金も増える一方で……まあ、これはいつも通りだ。

ようやく最大の悩《なや》みから解放される！

ちょいと多めに要求してあまった金を懐に入れるってのもありだよな。

こっちもメリットがあるなら話は別だ。断る理由なんてどこにもねえよ！

……と張り切ったまでは良かったが、掲示板《けいじばん》にクエストがほとんど貼《は》られてない。

高難易度のクエストと、見るからに面倒《めんどう》そうなクエストを除いてだが。

ちょうど、近くを冒険者ギルドの受付嬢《うけつけじょう》ルナが通ったので、揺《ゆ》れる胸を目で追い堪能《たんのう》しながら声を掛《か》けた。

「ちょっといいか」

俺の視線に気づいたようで、胸を腕《うで》で隠《かく》す。

甘いな。俺ぐらいの上級者になると恥《は》じらう素振《そぶ》りと、腕を押し当てた時の胸の凹《へこ》みや歪《ゆが》みがご褒美《ほうび》だってのによ。

「なんでしょうか。また何か犯罪で警察の厄介《やっかい》にでもなったのですか。仕方ないですね冒険者カードは没収《ぼっしゅう》しましょう」

「まだ、なんもしてねえよ！　その手を引っ込めろ！」

意気揚々《いきようよう》と冒険者カードを回収しようとすんじゃねえ。

「大体だな、俺みたいな優秀《ゆうしゅう》な冒険者がいなくなったら、ギルドも困るだろ」

「……そうですね」

言葉と裏腹に首を傾げるな。

「まあ、いいや。なんでクエストがねえんだよ。いつもなら埋《う》め尽《つ》くすぐらい貼ってるだろ。職務怠慢《たいまん》でサボりか？」

「違《ちが》いますよ、ダストさんと一緒《いっしょ》にしないでください。正気を取り戻した冒険者の皆《みな》さんが一斉《いっせい》にクエストを受けたので、ほとんど残ってないだけです」

「セレナの一件か」

少し前にアクセルの街にやって来た女プリースト。セレナ。

バカなギルドの連中が虜《とりこ》にされて、厄介な事になっていたからな。そのバカな連中にはテイラーとキースも入っている。

あの女の正体は魔王《まおう》軍の幹部でダークプリーストだったらしい。

カズマの活躍《かつやく》で正体が暴《あば》かれて捕《つか》まり、洗脳されていたギルドの連中が戻ってきた。

「もう、皆さんをからかったりしないでくださいよ。あれから後始末が大変だったんですからね」

ルナが額に手を当てて大きなため息を吐《つ》く。

それってあの事か。一昨日《おととい》の冒険者ギルドでの大乱闘《だいらんとう》。

2

——つい数日前まではギルドの酒場は閑散《かんさん》としていたのに、洗脳されていた連中が戻ってきていつもの賑《にぎ》わいとなっていた。

かなり酔《よ》っ払《ぱら》っていた俺は、近くの席にいた顔見知りの冒険者パーティーに声を掛ける。

「おー、セレナ一筋の冒険者様ご一行じゃねえか。どうしたんだ、もう追っかけはしなくていいのか？　母のような慈愛《じあい》で包み込んでくれるって熱弁してたよな。ほら、また熱く語ってくれよセレナ様の素敵《すてき》なところをよー」

厳《いか》つい顔した男の頭をぺしぺしと叩《たた》く。

いつもは真面目《まじめ》で通しているキャラだっただけに、あの時の事を思い出して顔面が真っ赤だ。

「おんやー。お顔真っ赤でちゅよー。どうちたんでちゅかー。おかあちゃんがいなくなって、寂《さび》しいんでちゅかー」

うつむいたままぷるぷると震《ふる》えている。魔王軍幹部に騙《だま》されていたという汚点《おてん》があるから言い返せないよな。

一時期とはいえセレナの信者となっていた冒険者は多い。

こいつの仲間も他《ほか》の冒険者達も同じような状態だったから、何も言えないみたいだ。誰《だれ》も反論できずに黙《だま》って耐《た》えているだけ。

おもしれえ、もっとからかってやるか。

「はあー、どいつもこいつも見た目で騙されやがって。俺みたいに見る目がある男は女の色気なんかに騙されたりしねえんだよ。なんつうか、格の違いってやつ？　大体、あんな魔王軍の女に騙されるヤツなんていねえよな。見るからに怪《あや》しいじゃねえか。もしそんなヤツがいたら笑っちまうぜ。……おっと、お前らは騙されたんだっけか？　悪い悪い。ギャハハハハハハ！」

酔った勢いに任せて好き勝手に罵倒《ばとう》していると、ガタッと椅子《いす》の倒《たお》れる音がそこら中から聞こえてきた。

辺りを見回すとギルドにいる大半の冒険者《ぼうけんしゃ》が立ち上がっている。その中にはテイラーとキースもいた。

全員がじっとこっちを見ながらにじり寄ってくる。

「お、おい。なんだてめえら。図星を指されて逆ギレしてんじゃねえぞ。数の暴力で善良な冒険者をいたぶるのはどうなんだ？　今なら土下座をして謝ってやるから、勘弁《かんべん》しようぜ？」

「「「ふざけんな！」」」

俺の声に耳も貸さずに襲《おそ》ってくる連中。

「くそっ、こうなったらどさくさに紛《まぎ》れて、胸の一つや二つ揉《も》んでやらあ！」

「おふっ、俺の胸筋摑《つか》んでどうする気だ！」

「紛らわしい胸してんじゃねえぞ！　握《にぎ》りつぶされたくなかったら、ダイエットしやがれ！」

「囲め、囲め！　絶対に逃《に》がすなよ！」

反撃《はんげき》しながら逃げ回り、三人は伸《の》してやったが圧倒的《あっとうてき》な人数差には敵《かな》わず、ぼっこぼこにされた。

3

思い返してみたが、やっぱあいつらが悪いな。

あれぐらい笑って許す度量ぐらい持てよ。

「やっぱ俺はなんも悪くないだろ」

「本当に自分には非がないと思ってそうですよね。はあー」

大きなため息を吐いているが、実際あいつらのせいだからな。

「話を戻しますけど、残っているクエストでモンスター退治はないですよ。街中の雑用なら、いくつかありますけど」

雑用か。リオノール姫《ひめ》が求めているのは、冒険者としての活躍だよな。

あの方は冒険者となって、モンスターに魔法を撃《う》ちたがっている。それが言動から伝わってくる。

戦力にならない無能だったら「危ないから無理です」とでも言えばいい。だけど。

「実際に魔法を使えるのがな……」

リオノール姫は城で学問や礼儀《れいぎ》作法を学ぶより魔法に熱心で、おまけに面倒《めんどう》な事に才能もあったらしく、何種類もの魔法を操《あやつ》る事が出来る。アクセルの街にいる魔法使いの中だったら、結構な実力者かもしれない。

とはいえ危険な真似《まね》をさせて何かあったら、国際問題になっちまうからな。

「雑用でいいから、楽そうなのを見繕《みつくろ》ってくれねえか」

「いいんですか。いつもは『雑用なんて俺様に相応《ふさわ》しくねえ』とか言って、やろうともしませんよね」

「今回はいいんだよ」

クエストを受けないで野放しにすると余計に面倒な事になるに決まっている。……実体験済みだ。

何かやってもらって時間を稼《かせ》いだ方が納得《なっとく》してくれるだろ。

4

「ねえ、なんで売り子をやらされてるの？」

顔見知りの店主がやっている雑貨屋の前で、看板を手に文句を言うリーン……に化けたリオノール姫。

期待外れの展開に不満顔だ。

今回のクエストは雑貨屋が間違えて大量に発注してしまった商品の販売《はんばい》。完売しなくてもいいから八割ぐらいは売り捌《さば》いて欲しいらしい。

「庶民《しょみん》の生活を知るのも大切な事ですよ？」

テイラーとキースは不参加なので、わざと昔の口調に戻《もど》して言ってみる。

「懐《なつ》かしいわね、その話し方。昔は真面目で誠実が売りだったのに、今は見るも無残な姿に……。どうして、そんな捻《ひね》くれた性格になってしまったの？」

「姫様に連れ回されたおかげでしょうが！」

姫が嫁ぐ前々夜、姫にほだされて国を出奔《しゅっぽん》。一週間を共に過ごし、その道中で破天荒《はてんこう》な性格に影響《えいきょう》されて……。

今の自分がこうなった原因は、あの一件で間違いない。

リオノール姫と出会わなければ、俺はドラゴンナイトとして今もあの国で暮らしていただろう。

「まだ、私を連れ出したのを後悔《こうかい》している？」

俺の顔を下から神妙《しんみょう》な面持《おもも》ちで覗《のぞ》き込む、リオノール姫。

「別に。決めたのは俺ですからね。今はこの自由な暮らしも気に入ってますよ」

「そっか、なら良かった。あと、言葉遣《ことばづか》いが戻ってるわよ」

「気をつけま……るよ」

仲間の前でうっかり口を滑《すべ》らさないように意識しないとな。

「そこのそれなりなお兄さん、まあまあなお姉さん、寄ってらっしゃい見てらっしゃい！　程々《ほどほど》に使い勝手のいい物が揃《そろ》ってるわよ」

リオノール姫は不満そうな口ぶりだったのに、一転してノリノリで客引きをしている。

元々、騒《さわ》ぐのが好きで頻繁《ひんぱん》に城下へ抜《ぬ》け出していたから、庶民との触《ふ》れ合いも慣れたもんだ。

「ほら、フォーちゃん。かわいい顔しているんだから私を真似て、心にもないことを言いながら、露骨《ろこつ》に媚《こび》売って」

「よってらっちゃい、みてらっちゃい」

「いいわよ、その舌っ足らずな感じ。ロリコンまっしぐらね！　基本は上目遣いだから。身長が低いのをいかして、ちょっと目をうるうるさせて見つめたら男なんていちころよ！」

フェイトフォーを隣《となり》に並ばせて、熱心にアドバイスをしている。

まだ人になれなかったドラゴン時代から、二人は仲が良かったからな。今もまるで姉妹のように親しげに振《ふ》る舞《ま》っている。

……アドバイスの内容はどうかと思うが。

「変な事を吹《ふ》き込むのはやめてくれ」

「何言ってんの。生まれ持った性別と美貌《びぼう》を利用して何が悪いのよ。今日中にこの店の物を完売させてやるんだから」

どうやらリオノール姫のやる気に火が付いたようだ。昔から言い出したら聞かない人だったから、もう好き勝手にやってもらった方がいい。

「なあ、ダスト。熱心なのはありがたいが、リーンは変な物でも食ったのか？　なんかいつもと様子が違《ちが》うように見えるんだが」

いつの間にか隣にやって来た雑貨屋のオッサンが、腕組《うでぐ》みをして首を傾《かし》げている。

リーンとの違いに気づきやがったのか。接客業をしているだけあって、細かい違いに敏《びん》感《かん》みたいだな。

ここは適当に誤魔化《ごまか》そう。

「ああ、少し酒入ってテンション高いからな」

「なるほど、そりゃ納得……出来るか！　なんで仕事前に一杯《ぱい》やってきてんだよ⁉」

「おいおい、こんなちんけな仕事なんて素面《しらふ》じゃ出来ねえだろうが。景気づけで引っかけてきて何が悪いってんだ」

「なんだと、てめえ！　俺の仕事をバカにしてんのかっ！」

言い掛《が》かりを付けて殴《なぐ》りかかってくるオッサン。

俺が受けて立ち拳《こぶし》と拳で語り合っている間に、品物のほとんどが売れたらしく、夕方まで掛かるはずだった仕事が昼には終わってしまった。

リオノール姫のノリと愛想《あいそ》のいい対応。それとフェイトフォーのかわいさが客を魅了《みりょう》したらしく、目的の品はいとも簡単に完売した。

「さあ、次は何するの？」

「もう、クエストはあり……」

俺の顔を覗き込んでじっと睨んでいる。

「ねえよ」

数歩下がってから、語尾《ごび》を言い直す。

「じゃあ、今日のところはこれで勘弁してあげるから、街を案内して」

「分かりま……ったよ」

無言ですーっと近寄ってきたので睨《にら》まれる前に訂正《ていせい》した。

適当にアクセルの街を観光して時間を潰《つぶ》すか。

テイラー達と合流してもいいが、あいつらだってリーンとの付き合いは長い。近くにいたらいつ正体がバレても不思議じゃない。

別行動しておいた方が安全だな。

5

「こちらに見えますのが冒険者愛用の店です」

サキュバス店の前まで連れて行ってそう説明すると、店をまじまじと見たあと、半眼でじっと俺を睨むリオノール姫。

「一見、ただの喫茶店《きっさてん》みたいに見えるけど、なんとなく、いかがわしい感じがするのは気のせい？」

おっ、店自体はカモフラージュしているのにそれを見抜くとは。

「ねえ、さっきから男の人しか店に入っていかないんだけど。あと、なんで私の方をちらちら見て、恥《は》ずかしそうに引き返しているの？」

リーンの姿をしたリオノール姫と手を繋《つな》いでいるフェイトフォーを見て、怖《お》じ気づいた小心者が店の前で引き返している。

　今からエロい夢を見させてもらおうとしている欲望たっぷりなタイミングで、子連れの女がいたらそりゃ恥ずかしいし萎《な》えるよな。

　俺だけが不幸な目に遭《あ》うのは腹が立つので、地味な嫌《いや》がらせで不幸のお裾《すそ》分《わ》けをしてやろうという優《やさ》しさだ。

「さあ？　俺がいつも利用している場所を見たいと言うから連れてきただけです……だからな」

　本当はここに連れてくる気はなかったが、いつもの癖《くせ》で気がつけば足がここに向いていた。

　中に入るわけにはいかないが、外観ぐらいならいいだろうと軽く説明している最中だ。

「あれ？　ダストさんと……リーンさん⁉」

　背後から声がするので振り返ると、そこにはロリサキュバスがいた。

　店でのエロい格好じゃなく、村娘《むらむすめ》風の服装で手に荷物をぶら下げているので、買い出しに行った帰りといったところか。

「あら、こんにちは。……かわいらしい子じゃない。ダストとリーンちゃんの知り合いみたいね」

　初めて会う相手なのに、まるで顔見知りかのように振る舞うリオノール姫。後ろの方は俺にしか聞こえないように小声で話している。

「ちょ、ちょっと、ダストさん！」

　ロリサキュバスに引っ張られて、リオノール姫から離《はな》れる。

「リーンさんとフェイトフォーちゃんをここに連れてきたらダメですよ！　なんなんですか、営業妨害《ぼうがい》ですか？　訴《うった》えますよ？」

「んなわけねえだろ。ちょっとした手違いだ。直《す》ぐにどっか行くから安心しな」

「ならいいですけど」

　こいつには正体がバレてないな。俺達に比べたら一緒《いっしょ》にいる時間も少ないから当然か。

　これなら大半の相手は騙《だま》せそうだ。

「別のところ行くか。じゃあな、ロリーサ。真面目《まじめ》に仕事しろよ」

「ダストさんには言われたくないです。リーンさん、フェイトフォーちゃん、またね」

　手を振るロリサキュバスに、二人も手を振り返す。

　店から離れるとリオノール姫《ひめ》がニヤニヤしながら話し掛《か》けてきた。

「ねえねえ、あの子誰《だれ》なの。教えなさいよー」

肩《かた》に顎《あご》を乗せて、至近距離《きょり》から見つめてきやがる。

「うざ絡《がら》みすんな！　あいつはロリーサっていう女だよ。精神魔法《まほう》が得意で人手が足りない時にクエスト手伝ってもらう仲だな」

実はサキュバスだって事は言う必要はないよな。知られたら面倒《めんどう》な事になりそうな未来しかない。

「本当にぃー？　実はもっと親しい間柄《あいだがら》じゃないの？　ねえねえ、正直に言いなさいよ。フォーちゃんは、ロリーサについて何か知ってる？」

俺が何も言わないので矛先《ほこさき》を変えてきた。

話を振られたフェイトフォーが俺とリオノール姫の顔を交互《こうご》に見て悩《なや》んでいる。

余計な事は言うなと目で語ると通じてくれたようで、小さく頷《うなず》き口元を手で押さえた。

それを見たリオノール姫はニヤリと口元に笑《え》みを浮かべた。

「教えてくれたら、今日の晩ご飯はごちそうになるわよ」

「あの人はちゃきゅばちゅで、あのおみちぇえっちな夢をみちぇてくれる」

「おい、こら！」

食い物に釣《つ》られて、あっさりと寝返《ねがえ》りやがった！

「ちゃきゅばちゅ……って、サキュバスって事よね。へえー、ここはサキュバスと人間が共存しているんだ、ふーん。ダストってそういうエロいの好きなんだ」

「あ、いや、そのあれだ。男の本能っつうか、ほら夢だから健全だしな」

「別に私に言い訳なんてしなくてもいいわよ。一緒にいた時は手を出さなかったくせに、ふーん」

言葉が刺々《とげとげ》しい。

「この事は内密に頼むぜ。サキュバスの店が女共にバレると騒動《そうどう》になるからよ」

男の冒険者《ぼうけんしゃ》には公然の秘密だが、女でその事実を知っている者は少ない。前にとある団体が店の秘密を嗅《か》ぎつけてきた時は大騒動になったからな。

「害を与《あた》えてるって感じでもなかったみたいだしね。それに私はこの国の者じゃないから口出しはしないけど。ダスト、これで貸し一つね？」

「うっ、分かったよ」

リオノール姫に借りを作ると、後々厄介《やっかい》なのは嫌というほど理解しているが、こうでも言っておかないと更《さら》に悪化する。それも実体験済みだ。

「で、次はどこに連れて行ってくれるの？」

少し先を歩いていたリオノール姫が、くるりと振り返り、楽しそうに笑う。

このお方は本当に表情が豊かだ。リーンと顔の作りはそっくりなのに、改めてみると表情が全然違う。

騎士《きし》時代は、そんな姫の自由奔放《じゆうほんぽう》で感情をむき出しにする姿に俺は……。

「ダストがいつも行っている場所でいいから、食事できるところに連れて行きなさい。もう待ちくたびれちゃったわよね。早く美味《おい》しいご飯食べたいよねー」

「ねー」

フェイトフォーと声を揃えて急《せ》かしてきた。

「飯か。苦手なものってなかったで……よな？」

「ないわね。民《たみ》が作ってくれたものならなんでも美味しくいただくのが、上に立つ者としての礼儀《れいぎ》でしょ」

「ふぇいとふぉーもなんでも食べるよ」

「それは知ってる。じゃあ、適当な店にでも行くか」

飲食店が集まっている通りにでも行って、空《す》いている店にでも入ればいいよな。

6

「お嬢《じょう》ちゃん、うちの店に是非《ぜひ》！　サービスするぜ」

「そんな店より、こっちの方がうまいぜ！　一人前無料でサービスするからよ！」

「お嬢ちゃんはオシャレな店の方がいいよね！　うちなら甘い物も揃《そろ》っているから、食後も楽しめるわ！」

通りに入ると同時に店から店員が飛び出してきたかと思えば、フェイトフォーに群がって熱心に客引きを始めた。

「なんだ、なんだ、こいつら！　お、おい、押すな！」

俺を弾《はじ》き飛ばしてもまったく気にしないで、フェイトフォーの奪《うば》い合いを続けている。

「いってえなっ！　くそっ、なんなんだいったい」

「すっごい大人気じゃないの。かわいいから……ってだけじゃないみたいね。みんな目が血走って必死だし」

「あー、そういう事か。あれだあれ。フェイトフォーの大食いが飲食店の連中に知れ渡《わた》ったみたいだな」

毎日、あれだけの量を食えば飲食業界で話題になるに決まっている。

通りを見回すと食べ放題を売りにしていた複数の店が一斉《いっせい》に扉《とびら》を閉じて、閉店の看板をぶら下げやがった。

そういや前にフェイトフォーを連れて行って、満足いくまで食わせていたら店主が泣きながら帰ってくれって懇願《こんがん》していたな。まあ、帰らなかったけどよ。

「そういえば、朝もいっぱい食べてたわね。あの姿でも大食いなの？」

リオノール姫はもちろんフェイトフォーの本当の姿が、ホワイトドラゴンなのは知っている。なのでドラゴン状態の食事量は覚えているようだが、幼女状態でどれだけ食うのかは理解してないのか。

「ドラゴンの時と同じぐらい食うぜ」

「……嘘《うそ》でしょ」

「フェイトフォーの食費払《はら》ってくれるんだったよな。今から頼むぜ」

リオノール姫は財布《さいふ》を取り出して中身を確認《かくにん》すると、涙目《なみだめ》でこっちを見た。とりあえず目を逸《そ》らしておく。

リオノール姫のことだから脱走《だっそう》する際に、かなりの金を黙《だま》って持って逃《に》げたはずだ。今日の分は余裕《よゆう》で払えるだろうが、その金が滞在《たいざい》期間中に残ればいいけどな。

7

フェイトフォーの奪い合いに勝利して「うおおおおっ！　勝ったぞおおおっ！」と歓《かん》

喜《き》の雄叫《おたけ》びを上げていた店員に連れられて店に入り、遠慮《えんりょ》なく注文すると団体用の大きなテーブルが料理で埋まった。

「いただきまちゅ」

「おう、好きなだけ食え食え」

「もう、いくだけいっちゃえ！　ガンガン食べていいわよ！」

初めは驚いていたが、その大食いっぷりに感心して、止めるどころか煽《あお》っている。

フェイトフォーが嬉しそうに料理を平らげていくのを見て、楽しそうに笑っていた。

「あれだけ、美味しそうに食べてくれるなら、まあ、いいよね。ほら、慌てないの。口の周りがソースでべちょべちょじゃない」

昔もこんなのあったな。あの頃《ころ》とは場所も立場も姿も変わったが、フェイトフォーに飯をやっているところに、リオノール姫がやってきて餌《えさ》やりや世話を手伝う。

「なーんか、懐《なつ》かしいわね」

俺と同じ事を思っていたのか、こっちを見て少し寂《さび》しそうに笑う。

「そう……だな」

ダメだ。この三人でいるとどうしても昔の事ばかり思い出してしまう。

これなら正体に気づかれる危険を冒《おか》してでも、テイラー達と合流した方がマシか。

そんな事を考えながら何気なく店内を眺《なが》めていると、こっちをじっと見ている女と目が合った。

おどおどしながら、こっちを羨《うらや》ましそうに見る目。

いつものように一人で店内の隅《すみ》っこに座っているのは……顔見知りだ。

誰かと飯を食べているだけで羨望《せんぼう》の眼差《まなざ》しなのか。

よっし、巻き込むか。ボッチをこじらせているあいつなら違《ちが》いに気づかないだろ。

「ゆんゆん、どうせ一人なんだろ。こっちで一緒に飯食おうぜ」

俺が大声で呼びかけると、辺りを見回して自分が呼ばれたのを確認し、一度咳払《せきばら》いをしてから立ち上がった。

「し、仕方ないですね。どうしてもって言うなら、一緒に食べてあげてもい」

「食べたくないなら来んな」

「食べます、食べます！　一緒に食べます！　食べさせてください！」

涙目でこっちに歩み寄ってくる、ゆんゆん。

「なら初めっから見栄《みえ》を張るなよ。面倒くせえ」

「こら、いじめないの。あの子は知り合い？」

耳打ちするリオノール姫に小声で返す。

「紅魔族《こうまぞく》のゆんゆんってボッチだ」

「へえ、あの紅魔族なんだ」

少し驚いた声を出したが、態度は平静を装《よそお》っている。ほんと、表情を取り繕《つくろ》うのは超一《ちょういち》流《りゅう》だ。

「リーンさん、同席してもいいですか？」

「もちろん、歓迎《かんげい》するわよ」

「良かったー」

ゆんゆんが胸を撫《な》で下ろして席に着く。

「ご飯は一緒に食べた方が美味しいものね」

「うんうん、分かります。そうですよね！　一人で食べるより誰《だれ》かと食べた方がずっと、ずーっと美味しいですよね！」

「そ、そうね」

頭を上下に激しく振《ふ》りながら迫《せま》ってくる、ゆんゆんの迫力《はくりょく》に圧《お》されているな。

こんなにも過剰《かじょう》に同意してくるとは思わなかったのか、リオノール姫《ひめ》の頬《ほお》が引きつっている。

「だちゅと、ちゅいか頼《たの》んでいい？」

そんなやり取りの最中にすべて食べきったフェイトフォーは、メニュー表から視線を逸らさずに服の袖《そで》を引っ張ってくる。

「おう、いいぞ。リーンが奢《おご》ってくれるから、好きなだけ食うんだぞ」

「わかった」

「こうなったら、お腹《なか》がはち切れるまで食べちゃっていいわよ」

普通《ふつう》の人なら絶望しそうになる空き皿の山なんだが……豪快《ごうかい》というかなんというか。これが平民と王族の金に対する価値観の違いだよな。

「わ、私は自分の分は払いますから」

この状況《じょうきょう》で自分も奢ってと言えないところがまだまだだな。

俺がゆんゆんの立場なら、喜んで遠慮なくただ飯にありつくところだ。

次々と運ばれてくる料理が盛られた皿を眺めていたリオノール姫だったが、はっと我に返ると、財布の中身とメニュー表を何度も確認している。

あの様子だと持ち出した金がここで尽きそうだ。

「三人だけなんですね。テイラーさんとキースさんはどうしたんですか？」

「二人は別件のクエストやってるぜ。俺達のは早く終わったんだよ」

「だから暇《ひま》なのよ。あっ、このあと街をぶらつく予定なんだけど、良かったら一緒《いっしょ》に行かない？」

「えっ、いいんですか⁉　是非‼」

「もっと、ゆんゆんの事も知りたいし。……ダストとの関係もね」

意味深に呟《つぶや》くのはやめて欲しい。

こっちを見てニヤニヤ笑うのもやめてくれ。

それからは王族として鍛《きた》えられた話術と天性の人懐っこさで、ゆんゆんから情報を次々と引き出している。

「ダストさんは、私が族長の試練に挑《いど》む時も手伝ってくれなかったんですよ！　酷《ひど》いと思いませんか！」

「それは酷いわね。あとでちゃんと叱《しか》っておくわ」

「ありがとうございます、リーンさん。今日はいつもより頼《たよ》りがいがありますね。ガツンと言ってください！」

女同士で意気投合している。

リオノール姫は俺の情報を得ようとしているつもりらしいが、そううまくはいかないぜ。

ゆんゆんは人との会話に慣れてないし、そもそも俺との接点はそんなに多くない。

それでも一緒に行ったクエストや、アルカンレティアでの思い出したくもない一件を楽しそうに聞いていた。

「そういえば、以前にダストさんを噂《うわさ》のドラゴンナイトさんと勘違《かんちが》いしちゃって。すごく失礼な事をしてしまったと、今でも反省していて……ドラゴンナイトさんに」

「俺に対する反省じゃねえのかよ！」

「違うに決まってるじゃないですか」

「こ、こいつ……」

なんでゆんゆんが不機嫌《ふきげん》になってんだよ。怒《おこ》っていいのはこっちだろうが。

「へえー、ドラゴンナイトと間違えられたんだ。それって、あ、の、噂話よね」

「はい、そうです。……あれ？　前もその話をしませんでした？」

「あんまり覚えてなくて。もう一度聞かせて欲しくなったんだけど、ダメかな？」

「全然、構いませんよ！」

話を求められて嬉《うれ》しいのか頬が赤い。

ややこしい事になるのが目に見えていたので、止めようとして口を挟《はさ》む。

「おいっ、やめ、がっ！」

足の甲《こう》に衝撃《しょうげき》が走った。

リオノール姫が靴《くつ》のかかとで思いっきり踏《ふ》みやがったぞ。

睨《にら》み付けると、ニヤついた余裕の笑《え》みを返された。

「あら、どうしたのダスト。女の子同士の会話を邪魔《じゃま》しちゃダメでしょ」

「こ、この……」

文句の一つも言い返したかったが、何を言っても気にも留めないのは経験上、嫌という程理解している。なので、せめてもの抵抗《ていこう》として、そっぽを向いて大きなため息を吐《つ》いた。

「えっと、その噂話はアイ……イリスちゃんから聞いた話で、隣《となり》の国にはレア職のドラゴンナイトに最年少で就《つ》いた天才騎士《きし》がいたそうなんです。槍《やり》を使えば王国一、生まれながらにしてドラゴンに愛され、真面目《まじめ》で忍耐強《にんたいづよ》くて人柄《ひとがら》も素晴《すば》らしい騎士の鑑《かがみ》のような人だったそうですよ」

「へえー、そんな人いるんだー。素敵《すてき》ねー」

思ってもない事を口にしながら、こっちを見ないでくれ。

目が笑ってんだよ。

「ですよね！　女性にも大人気で憧《あこが》れの的だったそうですよ」

「ふーん。そんな人なら一度会ってみたいわね」

だから、こっちをじっと見つめながら半笑いで言うのを、やめてくれませんかね。

「それで、その騎士は若くして姫様の護衛役を仰《おお》せつかったんですよ。年の近い姫はそんな騎士に恋心《こいごころ》を抱《いだ》くのは時間の問題だったそうです。でも、姫様には婚約者《こんやくしゃ》がいて、決して叶《かな》わぬ恋に胸を焦《こ》がしていたそうです」

「うわー、禁断の恋じゃないの」

わざとらしく目元をハンカチで押さえている。

……涙《なみだ》は一滴《てき》も出てないな。

「少年は偶然《ぐうぜん》姫の想《おも》いを知ってしまい、大事《おおごと》になるのは覚悟《かくご》の上で、姫をドラゴンの背に乗せて連れ去ったんです。一週間ほどして姫を連れて城に戻《もど》ったところを捕《つか》まり、少年は処刑《しょけい》だけは免《まぬが》れたそうですが、ドラゴンナイトの資格を剝奪《はくだつ》、家も取り潰《つぶ》しになった……そうです」

間違っているところもあるが、大まかには合っている。

しかし、誰がこの話を広めやがったんだ。事情を知っている連中には、王から他言無用と厳しく箝口令《かんこうれい》が敷《し》かれていたはずなのに。

「素敵なお話じゃないの。もっと詳しく聞きたいから、このあとはお友達のバニルさんのところで話さない？」

「はい、そうしましょう！」

「ちょっと待て！　バニルの旦那《だんな》のところはやめとこうぜ。ほら、営業時間中で忙《いそが》しいかも知んねえだろ」

旦那は不味《まず》い。一目でリーンの正体を見破って、からかってくるに決まっている。大悪《だいあく》魔《ま》らしい旦那は、人間の負の感情が大好物だからな。

「でも、魔道具店はいつも暇そうですよ？」

「そ、そうだけどよ。あー、お前も行きたくないよな。確かバニルの旦那が苦手だって言ってたよな！」

食事中のフェイトフォーの肩《かた》を掴《つか》んで、向き直させると……料理が大量に詰《つ》まった頬がパンパンに膨《ふく》らんでいた。

──神聖属性のホワイトドラゴンと悪魔は相性《あいしょう》が悪いからな。間違いなく俺に同意してくれるはずだ。

「んぐっ……。行ってもいいよ」

「なんでだよ！　前に行った時は仲悪かったじゃねえか！」

「髪《かみ》の毛あげたらおかち、いっぱいくれた」

「いつの間に懐柔《かいじゅう》されやがった!?　てか、いつ一人で遊びに行ったんだよ……」

「良くない臭《にお》いがちゅるから、こちょっとたおちに行ったら、おかちいっぱいくれた」

たまに一人で出かけて帰ってきたら、お腹空《なかす》いたとか言わないから変だとは思っていたけど、まさかバニルの旦那に餌付《えづ》けされていたとは。

食い物で簡単に釣《つ》られないように、言い聞かせておかないとダメだな。

「髪の毛の代わりにお菓子《かし》か。旦那は丸儲《まるもう》けだな」

ホワイトドラゴンの素材は高値で取引される代物《しろもの》だ。髪の毛や爪《つめ》の先だけでも結構な金になるらしい。

バニルの旦那は商才のない店主のウィズが散財するから、いつも金銭面がピンチだ。

そんな状態でフェイトフォーの体の一部をお菓子と交換《こうかん》できるなら、嫌がらずに快く対応してくれるに決まっている。

俺も同じ事をすれば楽に儲けられるよな。

食べ終わった皿を、じっと恨《うら》めしそうに見ているフェイトフォーの頭に手を添《そ》える。

「どうちたの？」

「気にすんな。なんでもねえよ」

俺まで髪の毛を売ってフェイトフォーがハゲても困るしな。そんな事をしなくても、ギャンブルでデカいの一発当てたらもっと楽に稼《かせ》げるしよ。

「じゃあ、何も問題ないわね。私もバニルって人に会ってみたかったのよ」

「えっ、何度か会った事ありますよね？」

「えっ……。あーっと、久しぶりにって意味よ」

「リーンはバニルの旦那が苦手だからな！　ほら、いつも店にはついてこないだろ？」

リオノール姫《ひめ》の発言を慌《あわ》ててフォローする。

迂闊《うかつ》な発言は勘弁《かんべん》してくれ。リーンの身が心配なのもあるが、二人がそっくりなのが周りにバレるのが一番ヤバい。

俺の周りの連中は絶対に、俺との関係を勘ぐってくるに決まっている。

それに一国の姫と顔が似ているのが権力者連中に知られると、余計なもめ事に巻き込まれかねない。

「おかち食べたいから、早く行こう」

食べ終わったばかりなのにもうお腹が空いたのか、フェイトフォーが椅子《いす》からぴょんと飛び降りて、出口の方に向かっている。

ゆんゆんが慌てて、自分の代金だけ机に置いて後を追う。

リオノール姫が便乗して出口に向かおうとしたので、その肩をしっかり摑んで逃《に》がさない。

「放しなさい。姫に対して不敬ですよ」

キリッとした顔で俺を見つめるが、今更《いまさら》そんなので動じるか。

「今はリーンだから関係ねえな。ちゃんと金払《はら》ってくれ」

「えっとね……宝石売りに行くの付いてきて？」

財布《さいふ》の中身がこれでなくなるどころか足りないのか。

「しゃーねえな。足りない分はさっきのクエストの収入で払ってやんよ。利子は一割でいいぜ」

「ぷっ、変わったけど変わらないのね。そういうところは」

「意味が分かんねえ」

「優しいところよ」

これ以上話していると調子が狂《くる》っちまいそうだ。

リオノール姫から視線を逸らすと、俺も店から出た。

8

「ここがその店なのね。へえー」

バニルの旦那がいる魔道具店を前にして、リオノール姫が腕組《うでぐ》みをしている。

フェイトフォーとゆんゆんから聞き出した情報で好奇心《こうきしん》が刺激《しげき》されたらしく、顔のにやつきが抑《おさ》えられていない。

「仮面を被《かぶ》った怪《あや》しい男と美人店主が二人で切り盛りしている店。夫婦《ふうふ》でも恋人でもないらしいけど、若い男女が二人一つ屋根の下で何もないわけがなく」

「妙《みょう》な期待をしているところ悪いんだが、そんな甘い関係じゃねえぞあの二人は。それに若い男女ってのも疑問だな」

バニルの旦那は年齢不詳《ねんれいふしょう》の大悪魔で、ウィズも若く見えるが結婚に焦《あせ》るぐらいの年なのは知っている。前にプロポーズの話で騒動《そうどう》になったからな。

俺達が店の前で話している間に、ゆんゆんとフェイトフォーの姿が消えていた。

「あいつらは、もう店に入ったのか。一応言っておくが、バニルの旦那はなんでも見通す大悪魔で、人が嫌がったりする悪感情が大好物だから気をつけた方がいい」

俺がアドバイスすると、眉根《まゆね》を寄せてじっと考え込んでいる。

「そんなさらっと悪魔って。……ねえ、このアクセルの街ってなんなの？　サキュバスが店を構えていたり、大悪魔が魔道具店やってたり。おかしくない？」

「今更だな。毎日一発、爆裂《ばくれつ》魔法をぶっ放す頭のおかしいのもいるし、罵倒《ばとう》されて殴《なぐ》られるのが三度の飯より好きな貴族もいるしよ。あと自称《じしょう》、私神様が持ちネタのプリースト

「それはさすがに盛りすぎでしょ。変わり者の貴族も確かにいるけど、そこまでのはお目に掛かった事がないわ。プリーストで自らを神だと騙《かた》る人なんて、あり得ないでしょ。それに爆裂魔法って、あの威力《いりょく》だけはすごいけど魔力を大量に使うネタ魔法でしょう。そもそも使える人が希少だし、それを毎日撃《う》つなんて――」

リオノール姫の言葉は遠くに上がった土煙《つちけむり》と爆音と震動《しんどう》に遮《さえぎ》られた。

「えっ、今の何⁉　魔王軍の襲撃《しゅうげき》じゃないの⁉」

「今のがアクセル名物の一つだな。今日の爆裂魔法の威力はまあまあか」

自称、爆裂魔法ソムリエのカズマは威力で相手の体調も分かるらしいが、俺も見慣れすぎちまって威力の差ぐらいは分かるようになってきた。

「そ、そうなんだ。だから、街の人が騒いでないのね」

リオノール姫は辺りを見回して感心している。

いつものことなので、町の連中はちらっと爆煙《ばくえん》を見ただけで騒《さわ》ぐ事はない。

「ちょっとリアクションが薄《うす》くねえか。初めて見る連中は大抵《たいてい》もっと驚くんだけどな」

「驚《おどろ》きはしたけど、破天荒《はてんこう》なのは嫌《きら》いじゃないわ。いいじゃない、これぐらい騒がしくて楽しい街の方が！」

あっさり受け入れたな。

「まあ……。慣れたら結構住みやすくて良い街《い》だけどよ」

「でしょ。私の国もこれぐらい賑《にぎ》やかだと楽しいんだけどねー」

それはやめた方がいい。街中の人がパニックになんぞ。

とんでもない呟きを無視して魔道具店に入ろうとすると、爆煙を名残惜《なごりお》しそうに見つめながら付いてきた。

「旦那ー、邪魔《じゃま》するぜ」

「邪魔をするなら帰るが良い」

「お客様に対して相変わらずつれねえな、旦那は」

「商品を買わぬ者を客とは呼ばぬからな」

愛想《あいそ》の悪い対応をされるのにも慣れたので、気にせずに中へと入っていく。

「おっと、危ねえな」

足下《あしもと》にある物体に躓《つまず》いて転びかけた。

ちらっと見てみると白目をむいたウィズが転がっているだけだ。また無駄《むだ》な買い物をして旦那にお仕置きされたんだろうな。

「ひっ、女性の死体がっ」

それを見たリオノール姫が目を限界まで見開いて怯《おび》えている。

「ああ、これはこの店の店主ウィズだ」

「これって……。呑気《のんき》に説明している状況《じょうきょう》じゃないでしょ!?　早くプリーストを呼んでこないと！」

「大丈夫《だいじょうぶ》だっての。いつもの事だから安心しな」

「いつもの事!?　えっ？　で、でも、こんなにも黒焦《くろこ》げで息もしてないように見えるんだけど。なんか色素も薄くない？」

さすがにこの光景には驚いたか。

かがみ込むと怯えながらも、指でウィズをツンツンしている。

「ふむ、珍《めずら》しく騒ぐではないかチンピラの保護者よ。おや、汝《なんじ》はいつもと違《ちが》うように見えるが。……ほほう、これはこれは」

仮面を着けたバニルの旦那が迫《せま》ってきて、リオノール姫がのけぞる。

さすが旦那だ、一瞬《いっしゅん》で見抜《みぬ》いたか。

「何やら面白《おもしろ》い事態になっているではないか。さて、そこのそっくりさん。何か買っていかぬか？」

「そっくりさん？」

店の品を物色していたゆんゆんが耳聡《みみざと》く、さっきの発言を拾ったようだ。

「おっ、このロザリオって持っているだけで好かれるらしいぞ」

「本当ですか、よく見せてください！」

あっさり食いつくと、俺を押しのけて魔道具《まどうぐ》を手にしている。

誤魔化《ごまか》すのが楽で助かるぜ。

「凄《すご》いわね、あの仮面。一目で私の正体を見抜いたわよ！」

リオノール姫が俺の耳に口を近づけて、興奮した声で話すから耳が痛《いて》え。

「旦那《だんな》、それは内緒《ないしょ》で頼む。周りにバレると、ややこしい事になっちまうからよ」

「安心するがいい。我輩《わがはい》は口が堅《かた》いとご近所でも評判である。更にこの商品を購入《こうにゅう》すると、我輩の口は更に強固なものとなる、かもしれぬぞ」

用途《ようと》がまったく分からない謎《なぞ》の物体を掲《かか》げている。

「分かった、分かったよ。それ買うからマジで頼むぜ」

「お買い上げ、感謝するぞ」

ここでの出費は痛いが、口止め料を払っておかないと何をされるか分かったもんじゃねえ。バニルの旦那は約束事は守るから、この程度で済むならマシな方だ。

「ところで何をしに来たのだ。おっと、汝はいつでも来て構わぬぞ。代金は気にしなくとも良い。それでも無銭飲食は心苦しく、どうしても何かしたいというのであれば、代金代わりに抜け毛や爪の先を受け取ろうではないか」

「うん」

窓際《まどぎわ》の席に座ってお菓子《かし》とお茶でもてなされているフェイトフォーに、バニルの旦那は優しく語り掛けている。

ホワイトドラゴンのフェイトフォーの体が宝の山に見えるんだろうな。

無茶《むちゃ》な要求をしないなら放《ほう》っておいても大丈夫だと思うが。

「特に用事はねえんだけどよ。リオ……リーンが見てみたいって言うから」

「ほう、貴様でもあのそっくり姫には頭が上がらぬか。あの娘《むすめ》がお得意様になれば、かなりの利益が期待できるな。……よし、何か困った事があれば力になろうではないか」

バニルの旦那は味方にすれば頼もしいが、大悪魔だけあって一癖《ひとくせ》も二癖もあるんだよな。力を借りたのは良《い》いが最終的に損をするパターンが何度かあった。

「そんときは頼むぜ、旦那」

「任せるがいい。その際にはそこの大食い娘も連れてきて構わぬぞ。思う存分に甘やかしもてなそうではないか」

「お、おう」

どっちかと言えばフェイトフォーが本命っぽいな。

これ以上ここにいると余計な物を買わされそうなので、二人を連れてさっさと出るか。

「ウィズさん、持っているだけで好かれるって本当ですか!!」

いつの間にか復活したウィズにゆんゆんが鼻息荒《あら》く質問している。

「はい、本当ですよ。それは最近仕入れた魔道具でして。持っているだけで向こうから寄ってくるという幸運のアイテムですよ」

「買います! 使い方を教えてください!」

「これを首からぶら下げておけば、老若男女《ろうにゃくなんにょ》、モンスター問わず集まってくるという……」

話に夢中な二人の会話が閉めた扉《とびら》の向こうから響《ひび》いてくる。

……店の品が売れそうだから、ゆんゆんは置いていこう。

「もうすぐ日も落ちるからギルドに戻《もど》って酒でも飲もうぜ」

「いいわね。冒険者《ぼうけんしゃ》っぽくて」

リオノール姫《ひめ》は王族の窮屈《きゅうくつ》な暮らしが嫌《きら》いで、何度も城を脱走《だっそう》していた。

昔から自由な冒険者稼業《かぎょう》に憧《あこが》れていたので、それっぽい事をしておけば満足してくれるだろう。

右にリオノール姫、左にフェイトフォー。

この三人で行動すると過去をどうしても思い出してしまうな。

ギルドへ向かう途中《とちゅう》、ふとリーンの事が気になった。

「旦那にリーンが今どうしているか占《うらな》ってもらうべきだったか」

今更《いまさら》だが、今度行った時に頼《たの》んでみるのもありだな。

9

「どこだ、どこに行かれた！　ええい、隅《すみ》から隅まで捜《さが》すのだ。タンスの引き出しから、カーテンの裏や隅々まで！　ゴミ箱も便器の中も捜し尽《つ》くすのだ！　あの方の潜伏《せんぷく》能力を侮《あなど》ってはいけませんぞ！」

人がいい気持ちで寝《ね》ていたら、廊下《ろうか》から何人もの足音と怒鳴《どな》り声がする。

「犯罪者でも逃《に》げ込んだの？」

少し高めの宿屋で部屋を取って、贅沢《ぜいたく》にだらだらしていたのに最悪の目覚めだ。

逃亡犯《とうぼうはん》か……嫌な予感がする。

「まさか、ダストじゃないでしょうね。もしそうだったら、一発ぶち込んで黙らせよう」

愛用している杖《つえ》を摑《つか》んで、部屋の扉を開けると想像もしない光景がそこにあった。

宿屋の廊下に燕尾服《えんびふく》を着た執事《しつじ》っぽい初老の男性とメイドが数人、懸命《けんめい》に何かを捜していた。

それ以外に兵士らしき姿もある。

「なんなのこれ」

奮発して泊《と》まったとはいえ、執事やメイドがいるような貴族御用達《ごようたし》の宿屋じゃない。昨日までこんな人達はいなかった。

「屋根裏や絨毯《じゆうたん》の裏まで調べるのです。あのお方なら、どのような場所に潜《ひそ》んでいても不思議ではありませんからね。常識を捨てて探索《たんさく》するように。見つけたら、即座《そくざ》に呼んでください。決して一人では近づかぬようにお願いしますよ。あと何を言っても耳を傾《かたむ》けてはいけません。人心掌握《しようあく》術や話術に長《た》けていらっしゃいますので」

泥棒《どろぼう》を捕《つか》まえるにしては大袈裟《おおげさ》よね。そもそも、執事やメイドが犯罪者を捕まえるのがわけ分かんないし。

ダストじゃないみたいだし、関《かか》わらない方が身のためっぽいわね。まだ眠《ねむ》いから、二度寝しよっかな。

扉を閉めようとした瞬間、初老の執事と目が合った。

あたしの方を指さしてぷるぷる震《ふる》えている。

後ろに誰《だれ》かいるのかと振《ふ》り返ってみたが、誰もいない。

もう一度、初老の執事を見ると大きく息を吸《す》い込んだところだった。

「姫を発見しましたぞ！　皆の者、確保おおおおおっ！」

意味不明な事を叫《さけ》ぶと、メイドや兵士がギラギラした目つきであたしを見た。

「ちょっ、何、えっ⁉」

一斉《いっせい》に押し寄せてくる人々。

慌《あわ》てて扉を閉めようとしたが、飛び込んできたメイド達があたしの腕《うで》や腰《こし》にまとわりつく。

「なんなのよ！　あたし、何もしてないんだけど！　もしかして、ダストが何かやらかしたの？」

「何をわけの分からない事を。リオノール姫、往生際《おうじょうぎわ》が悪いですぞ」

「ちょっと待って。今、姫とか言わなかった？　あたしはリーンって冒険者よ。よく見てよ、似ても似つかない顔しているでしょ」

姫様とやらと勘違《かんちが》いされているなら話は早い。

近くで顔を見せたらハッキリするはずだ。

執事やメイド達がじっとあたしの顔を見つめてくる。自分から言っておいてなんだけど、ちょっと恥《は》ずかしい。

「どう。これで分かったでしょ。だったら、放してく……」

「どこからどう見てもリオノール姫ですな。髪色《かみいろ》を茶色に変えた程度で騙《だま》せるとでも思ったのですか」

「もしや、髪色を変えるだけの雑な変装で、逆に他人っぽさを出す高等テクニックではありませんか？」

「ずる賢《がしこ》い姫ならやりかねませんな」

執事とメイドが人の言う事を信じるどころか疑いを深めている。

「ちょっと、いい加減にしてくれる。あたしが冒険者かどうか、ギルドに行って確かめてくれたら一発で分か」

「その手には乗りませんぞ。皆の者、このまま姫を馬車に運んでください！」

「「「分かりました！」」」

あたしの言葉を遮《さえぎ》ると、ロープで体をぐるぐる巻きにしてメイド達に抱《かか》え上げられた。まるで荷物のように運ばれると、宿屋の外に駐《と》めてあった馬車に放り込まれる。

馬車の中はクッションの利《き》いた座席があって、内装の豪華《ごうか》さから馬車の持ち主がかなり高貴な立場の人間なのが伝わってくる。

「ね、ねえ。本当に間違いなんだって！　今なら怒らないから解放してよ！」

「姫様、まだそのような世迷《よま》い言《ごと》を。姫が産まれた時から仕えるこの私が、姫を見間違える事などあろうはずがありません。この目を節穴だと申されるのですか」

「たぶん、節穴じゃないかな！」

あたしが何を言おうと聞く耳を持たず、馬車はどこかに向けて走り続けている。

このままどうなっちゃうの。

こんな時に限って、あのバカのニヤけ面《づら》が頭に浮かぶ。しゃくに障《さわ》るけど……ダスト助けにきて！

第二章
あの逃避行の真相を

1

「冒険者と言えば夜の宴会《えんかい》よね！　これシャワシャワしていて面白《おもしろ》いのど越《ご》しね。結構気に入ったわ！」

なみなみと注がれたネロイドを飲み干してご満悦《まんえつ》なのは、リーンに化けたリオノール姫。

あのあとギルドの酒場に戻ると、日の落ちる前から宴会を始めて今に至る。

「酒は控《ひか》えるようにしてくれよ。正体バレたら困るだろ。今はキースもテイラーもいないからいいけどよ」

「大丈夫《だいじょうぶ》、大丈夫。私が酒豪《しゅごう》なの知ってるでしょ」

姫という立場でありながら大酒飲みなのは、嫌《いや》というほど知っている。

酔《よ》っ払《ぱら》って騒動《そうどう》を起こして、俺が巻き込まれた数なんて両手両足の数を足しても足りない。

その度《たび》に王や執事の爺《じい》さんの前に連れ出され、姫と一緒《いっしょ》に説教を食《く》らうという理不尽《りふじん》を何度味わった事か。

それに……姫にまつわるエピソードで酒に関しては嫌な思い出が……。

「知ってるから警戒《けいかい》してんだけどな」

「とーこーろーで。リーンちゃんとはどうなのよ。もう、やっちゃった？」

「ぶはあああっ！　ごほっげはっ。な、何言ってんだいきなり」

「もおう、汚《きたな》いわね」

妙《みよう》な事を突然《とつぜん》口にしたリオノール姫に吹《ふ》き出した酒が掛かる。

動揺《どうよう》のあまり、酒が気管に入りやがった。

「その反応、もしかしてまだなの？」

「うっせえな、関係ねえだろ」

「チンピラっぽくなったくせに、そこはピュアなんだ」

「ほっといてくれ」

「キスはしたんでしょ？　手ぐらいは握《にぎ》ったわよね？　なんで目を逸《そ》らすのよ。……あれっ、もしかして恋人《こいびと》じゃないの。えっ、ちょっと待って、まさか片思いとか⁉　私の調べによると熱心に迫《せま》ってたってあるんだけど」

どこ調べだよ。とツッコみたかったが「国の諜報《ちょうほう》機関を使って」とか、さらっと恐《おそ》ろしい事を口にしそうで怖《こわ》いから、訊《き》かないでおこう。

ほんと、この人は苦手だ。俺が嫌がっているのが分かると、余計にしつこく関係を訊いてくる。

あの心底楽しそうなニヤついた顔。

肘《ひじ》で脇腹《わきばら》にぐりぐりするな。

「でもさ、ちょっと安心したわ。国を追放されてやさぐれているかと思ったら、結構満喫《まんきつ》しているみたいだから」

「おかげさまで」

「皮肉っぽいけど、本心みたいね。そっかー、私がいなくても楽しくやれてるのか、そっかー、ふーん」

なぜかジト目で俺を見つめてくる。

なんで怒《おこ》ってんだよ。昔からこのお方の考えている事は分からない事だらけだ。

「私は城に閉じ込められて窮屈《きゅうくつ》な暮らしをしているというのに、ラインは自由奔放《じゆうほんぽう》に生きているのね。シクシク」

「口でシクシク言うのやめてくれ。あと涙《なみだ》出てねえぞ」

うつむいて泣いた振りをしていたが、その芝居《しばい》も見飽《みあ》きた。

あっさり見抜《みぬ》かれたのが不満らしく睨《にら》んでくる。

「かわいげがなくなったわよね。昔はくそ真面目でからかいがいがあったのに。こんなすれた反応するようになるなんて」

「誰か様に、鍛《きた》えられたからな」

「お役に立てたのなら光栄ですわ、おほほほほほ」

口元に手を当てて、わざと上品ぶって笑っている。

あの国を追われる原因になったリオノール姫《ひめ》との逃避行《とうひこう》。

姫とドラゴンナイトの駆《か》け落ちと、美談として語られている現状。ゆんゆんやアイリスが夢中になる内容に物語が書き換《か》えられている。

実際は乙女《おとめ》が心躍《おど》らせるような内容じゃない。

専属騎士《きし》として破天荒《はてんこう》な姫を押しつけられた生真面目《きまじめ》な男が、憐《あわ》れにも振り回され感化された喜劇だ。

2

団長の声を聞いて構えを解く。私の周りには膝《ひざ》を突《つ》く数人の騎士がいる。

「そこまで！」

「くそっ、また手も足も出なかったか」

「先輩《せんぱい》、強すぎますって！」

同僚《どうりよう》のドラゴンナイトと候補生の一人が肩《かた》で息をしながら、私をじっと見つめている。

一人は悔《くや》しさのにじむ顔で。もう一人は尊敬の眼差《まなざ》しで。

「おいおい、複数人相手に圧勝したぞ。天才騎士の名は伊達《だて》じゃないな」

「呼吸もほとんど乱れてないのが信じられん」

見学していた騎士達の称賛《しようさん》の言葉には、ほんの少し怯《おび》えも混ざっているように思えた。

「皆もラインを見習い精進《しようじん》するように！　今日の鍛錬《たんれん》はここまでとする！」

今日はこれで終わりか。

自室へと戻《もど》っていく仲間の後ろ姿を見送ると、一人だけ別の方向へと歩いて行く。

「リオノール姫、リオノール姫。早く起きてください」

黙《だま》っていれば見目麗《うるわ》しいと評される姫が、ホワイトドラゴンの尻尾《しっぽ》を枕《まくら》に眠っている。

竜舎でドラゴンと一緒に眠るなんて本来はあり得ない事だが、私は驚《おどろ》きもしない。

大股《おおまた》を開いて腹をボリボリと掻《か》く姿も見慣れてしまったので、今更《いまさら》驚く事も幻滅《げんめつ》する事もない。むしろ、リオノール姫らしい寝姿《ねすがた》だ。

「うーん、あと五年……。今なら熟睡《じゅくすい》しているから、襲《おそ》われても抵抗《ていこう》できないわよ。ムニャムニャ」

「ハッキリとした寝言で恐ろしい事を口にしないでください。そんな気はさらさらありませんので、さっさと起きてください。この時間は稽古《けいこ》をするのでは？　姫としての自覚はあるのですか。この国の王族として誇《ほこ》りを持って……あっ、こら！　フェイトフォーの腹の下に潜《もぐ》らないでください！　服が汚《よご》れたら、また私が怒られるんですよ！」

逃《に》げ込もうとする姫の足を咄嗟《とっさ》に摑《つか》む。

「いやー、ラインに汚されるー」

「自分で汚しているんでしょうが！　……仕方ないですね。フェイトフォー、ちょっとだけならかじっていいよ。顔とか見えるところはダメだぞ」

「こ、こら！　ダメに決まってるでしょ。玉のお肌《はだ》に傷が付いたら、国の損害になるわよ。だから、こら、やめなさいフォーちゃん！　やめてえええええっ！」

慌《あわ》てて顔を出したところを捕獲《ほかく》して、それでも抵抗するリオノール姫をなんとか引っ張り出す。

「姫に対する、この無礼。許しませんよ」

土まみれの姿でふんぞり返っているが、そんな姿で姫の権威《けんい》をちらつかされても説得力がない。

「はいはい。では、お世話係の任を解いてください」

「そ、れ、は、無、理。一番からかって面白いのはラインだもの。あと年も近い騎士って他《ほか》にいないし」

「はあああああああああああああああああああああああああああああああっ」

魂《たましい》が抜け出ていきそうなぐらい大きなため息を吐《つ》く。

若き天才ドラゴンナイトとして評価され、順風満帆《じゅんぷうまんぱん》な未来が約束されていたと思っていたら、まさかワガママ姫……失礼。噂《うわさ》の姫のお付きにさせられるとは。

黙って大人しくしていれば理想の姫っぽいというのに、口を開けば城での生活の不平不満。公式の場以外ではワガママ、いたずら、やりたい放題。

ドラゴンナイトの叙任《じょにん》式で見た時は外面《そとづら》の良さにすっかり騙《だま》されてしまい、リオノール姫のお付きの騎士に選ばれたと聞いて、大喜びした自分を過去に戻って殴《なぐ》りたい。

「手を握りしめて、なにぷるぷる震《ふる》えてるのよ。ははーん、私の寝姿に欲情したのに、自分では釣《つ》り合わないからって手を出さなかったのを今更後悔《こうかい》しているのね。ふっ、美しいって罪よね」

土まみれで何か言っているが無視して、フェイトフォーの体を布で拭《ふ》く。

気持ちよさそうに目を細めて、ほっぺたを私の顔に擦《こす》り付けてきた。

誰《だれ》か様と違って、お前は良い子だよな。

「ちょっと、相手をしなさいよ！」

「姫様、戯言《たわごと》は終わりましたか」

地団駄《じだんだ》を踏んで暴れているリオノール姫に向き直る。

「私は怒っているんだからね！　許して欲しかったら、姫様じゃなくてリオノールって呼び捨てにしなさい」

「無理を言わないでください」

「身分は違《ちが》うけど、私はラインのことを対等の存在だと思っているわ。だから、二人きりの時は呼び捨てでいいって、いつも言ってるでしょ」

無理を言わないで欲しい。一国の姫を呼び捨てにするなんて恐《おそ》れ多くて、とてもとても。

それに、姫に従って「リオノール」と呼んだ場面を誰かに目撃《もくげき》されたら、大事《おおごと》になりかねない。

　ワガママばかりを言って私を困らせる姫に、無言で歩み寄ると手を伸《の》ばす。

「な、何よ。主《あるじ》に手を出すつもり！　えっと、ちょっと、何か言ってくれませんか。あのー、顔が怖いよ。わ、悪かったから、何か言って」

　ぎゅっと目を閉じた姫の肩から二の腕《うで》に掛けて、手で払う。

「えっ」

「こんなに汚れたまま帰ったら、何を言われるか分かったものじゃないですよ」

　目立つ汚れを全部払《はら》ったが、それでも若干《じゃっかん》残っている。

　いつもからかって遊ばれているんだ、たまには意趣返《いしゅがえ》しをしても許されると思う。

　そっと目を開けて、してやられた事を知ったリオノール姫が頬《ほお》を膨らませて怒っている。

　だが、直《す》ぐに不機嫌《ふきげん》な顔から何か思案する顔へと変化して、更《さら》にニヤリと笑う。

　あれは悪巧《わるだく》みを思いついた時の顔だ。

「汚れを払ってくれたのね、ありがとう。でも、こんなところの汚れが残ってるわー。ここは払ってくれないの？」

　体をくねらせて前屈《まえかが》みになると、両腕で胸を挟んで胸元《むなもと》の汚れを強調してきた。

　この方に出会うまでの自分なら、恐れ多いと恥《は》ずかしがって照れる場面なのだろうな。

「汚れ残ってますね。はいはい」

パンパンと躊躇《ちゆうちよ》もなく乳房《ちぶさ》の上あたりを叩《たた》くようにして払った。

自分から挑発《ちようはつ》しておいて、やるなんて思いもしなかったようで、驚きのあまり硬直《こうちよく》している。

「これである程度は見栄《みば》えがマシになりましたよ」

「ちょっ、ちょっと！　レディーの胸に触《さわ》っておいてその淡泊《たんぱく》な反応はなんなのよ！」

「胸なんて脂肪《しぼう》が詰《つ》まった皮袋《かわぶくろ》にすぎませんよ？」

「……女として、今の言葉は聞き捨てならないわね。前々から思っていたけど、あんたは女性に対して淡泊すぎるわ。そこに座りなさい。説教してあげるから」

それから、女性の胸がどれだけ大切なものなのか、日が落ちるまで聞かされ続けた。

結果、竜舎から夜までリオノール姫を帰さずに、一緒《いつしよ》にいた事を咎《とが》められる羽目になった。理不尽《りふじん》だ。

でも今回は一緒に姫も説教を食《く》らっている。私が巻き込まれただけなのは他の方々も承知しているようで、思ったよりも早く解放された。……それでも深夜だったが。

王や騎士団長は私を叱《しか》りながらも、申し訳なさそうな顔でちらちらこっちを見ていたのが印象的だったな。

王は娘《むすめ》の振《ふ》る舞《ま》いに手を焼いて、生真面目《きまじめ》な私が側《そば》にいれば互《たが》いに影響《えいきょう》を受けて少しはマシになるんじゃないか？　との期待を込めた人事だったらしい。

中庭から謁見《えっけん》の間を見上げると煌々《こうこう》と灯《あか》りが灯《とも》っている。リオノール姫《ひめ》はまだ捕《つか》まっているようだ。これだけ怒られればさすがに少しは懲《こ》りるだろう。

……あの姫が懲りるかな……。

翌晩、目の前に姫がいる。

日中はさすがに大人しくしていたようだが、夜にドラゴン達の様子を竜舎に見に来たら中にいた。

私よりも長時間説教されたはずなのに、けろっとした顔で竜舎にやって来る神経が理解できない。

「昨日、明日は部屋から一歩も出るな、と王から申しつけられていましたよね？」

「大丈夫《だいじょうぶ》よ。深夜まで説教されて日を跨《また》いでいたから、まだ今日よ」

「また屁理屈《へりくつ》を……。今度は一人で怒られてください」

「一蓮托生《いちれんたくしょう》って素敵《すてき》な言葉だと思わない？」

「思いません」

「これからは同志として、呼び捨てで構わないわよ」

「構いますので呼びません」

反省の色がまったく見えない。

以前から身勝手で自由奔放《じゆうほんぽう》ではあったが、最近は抜《ぬ》け出すペースが速い。

竜舎に来るのも一週間に二回あれば多い方だったのに、最近は二日に一回は来るようになっている。

なぜ、そんなにも頻繁《ひんぱん》に足を運ぶようになったのか。思い当たる節はある。来る度《たび》に口にするあれが目的で間違いない。

「ねえ、そろそろドラゴンに乗せてよ」

「ダメです」

かぶり気味に即答《そくとう》する。

予想通りの事を言われたので、用意していた言葉を返す。

「なんでよ！　最近は少し融通《ゆうずう》が利《き》くようになったと思ってたのに」

リオノール姫の言っている事は嘘《うそ》じゃない。

以前から同僚《どうりょう》や騎士《きし》団長には「堅物《かたぶつ》で真面目すぎる」と何度も注意されてきた。

でも最近になって「少しは話が分かるようになったな。考えが柔軟《じゅうなん》になってきたんじゃないか」と騎士団長に褒《ほ》められた。それは良くも悪くもリオノール姫の影響だろう。

専属騎士という名のお世話係に任命されて、破天荒《はてんこう》な言動に振り回され続け、対応をしているうちに、嫌でも柔軟性と対応力を得る事となった。

人当たりが良くなって話しやすくなったと、他のドラゴンナイトからの評判も改善されたので、その点だけは感謝している。

「私はドラゴンナイトという職業に誇りを持っています。ゆえに遊びで乗せるわけにはいきません」

「姫の命令なんだから、言う事を聞きなさい！」

「無理です。そもそも危ないですし、ドラゴンの背には非常事態を除き、許可なく乗せる事は禁じられていますので」

「そこをなんとかしてよ！　特別に脱《ぬ》ぎたてほやほやの私の下着あげるから」

その場でスカートの中に手を突《つ》っ込んで脱ごうとしている。

「いらないです。汚《きたな》いですからしまってください」

最後まで聞かずに答える。

冗談《じょうだん》だとは思うが止めないと本気でやりかねない。

これでもリオノール姫は会った頃《ころ》に比べて、慎《つつ》ましやかさも常識も少しは身についてきたと思う。……以前はこんなもんじゃなかった。

互いに影響を受けた結果が今の状況《じょうきょう》なのだろう。

「もしかして、その年で性欲が涸《か》れてるの？　かわいそうに……」

「勝手に憐《あわ》れむのやめてください。騎士とは己《おのれ》を律し、国民の模範《もはん》とあるべきだと考えています。誇《ほこ》りを胸に抱《いだ》き」

「誇り誇りってうっさいわね。今時、真面目系騎士なんて流行《はや》んないわよ？」

「放《ほう》っておいてください」

たまに「少しは遊びを覚えたらどうだ」と私の生き方を批判する人がいる。真面目のどこが悪いのかと理解に苦しんだ。

自由気ままに生きた悪い見本が目の前にいるので、余計にそう思う。

「ねえ、今なんか不審《ふしん》な事を思わなかった？」

「はっはっは、なんの事やら」

一切《いっさい》目を合わせずにフェイトフォーの世話を続ける。

そんな私の周りをぐるぐる回りながら、じっと見つめてくるリオノール姫が正直邪魔《じゃま》なのだが。

しかし、今日はやけに絡《から》んでくるな。それに、いつもと比べて、少しテンションが高いような気がする。じっと俺を見つめてくるので視線だけを向けると、すっと目を逸《そ》らす。

……何がしたいのだろうか。

それからも無言で俺の周囲を回り続けていたのだが、不意に立ち止まった。

「ライン、私に時間がないのは知っているわよね」

さっきまでとは打って変わって、静かに語る声。

「………………」

「明後日《あさって》、私は他国に嫁《とつ》ぎます。親の決めた結婚《けっこん》相手の下《もと》へ」

王族に生まれた女性には当たり前の事。

人よりも裕福《ゆうふく》な生活の代わりに犠牲《ぎせい》になる自由と義務。

リオノール姫はそれに抗《あらが》うように、自由奔放に振る舞っている。……半分以上は性格が原因だと思うけど。

「でも私は……数回しか会った事のない男と一生を共に過ごすなんて耐《た》えられない。こんな仮初《かりそ》めの自由じゃなくて、本当の自由を知りたいの！　お願い、ライン・シェイカー。私を連れて逃《に》げなさい！」

包み込むように手を強く握り、リオノール姫の真摯《しんし》な眼差《まなざ》しが私の瞳《ひとみ》を貫《つらぬ》く。

命令口調ではあったが、その声と手は震《ふる》えていた。

いつものように軽い気持ちで返してはいけない。本気には本気で応《こた》えるべきだ。

「私は……」

情にほだされて姫を連れ出してしまえば大問題になる。ドラゴンナイトの職を解かれ、最悪の展開も覚悟《かくご》しなければならない。

断るべきだ。そんな事は分かっている。分かっているんだ。

「リオノール姫、私は」

「ライン。私が本当は誰《だれ》と一緒にいたいのか分かる……よね。一日だけで良《い》いの。あなたと一緒にまだ見ぬ世界を見せて欲しい」

涙目《なみだめ》で見つめるリオノール姫から視線を外せないでいる。

ここまで言われたら、朴念仁《ぼくねんじん》と同僚からバカにされている私でも理解できる。いや、以前から薄々《うすうす》は感づいていた。

姫の想《おも》いにも、自分の想いにも。

私が拒絶《きょぜつ》すれば、ただの主従関係で終わる。悩む必要はない。

姫への恋慕《れんぼ》も私が耐えれば済む話だ。王族と吹《ふ》けば飛ぶような弱小貴族の跡取《あとと》り。端《はな》から釣《つ》り合うわけがないのは分かっていた。

だから、臣下として姫の騎士として、責務を果たせばいい。

だけど、私は……。

無言でフェイトフォーに鞍《くら》を取り付けて跨がる。

そしてリオノール姫に手を伸ばし、

「……一日だけですよ」

絞《しぼ》り出すように声を出す。明日までなら、ギリギリで明後日の挙式には間に合う。

「ありがとう、ライン！」

弾《はず》む声で私の手を摑《つか》み、勢いよく飛び上がると鞍に跨がる。

そして私の腰《こし》に腕《うで》を回すと、ぎゅっとしがみつく。

後ろを確認《かくにん》すると満面の笑《え》みで見つめるリオノール姫。

結局押し切られる自分の甘さと、姫への想いを再確認して、ため息が漏《も》れる。

常に振り回され、無理難題を押しつけられてきたというのに、ふとした優《やさ》しさや屈託《くったく》のない笑顔に、いつの間にか魅了《みりよう》されてしまっていた自分。

こんなことをやらかしてしまったら、私はドラゴンナイトの職を剝奪《はくだつ》どころか、極刑《きよっけい》になる可能性もある。

それでも、姫の願いを叶《かな》えられるのなら後悔《こうかい》はない。

「あっ、ちょっと待って。これも持っていかないと」

腕を離《はな》して鞍から飛び降りて竜舎の隅《すみ》の方に行くと、木箱の裏に隠《かく》していた背負い袋《ぶくろ》を持ってきた。

「姫、それは？」

「逃走《とうそう》にも準備が必要でしょ。ちょっと国庫からパクってきたの」

そう言って袋の口を緩《ゆる》めると、中に宝石や貴金属がぎっしり詰まっていた。

今日出奔《しゅっぽん》すると決めていたかのような準備万端《ばんたん》さ。さっきまでのしおらしさの欠片《かけら》もない、希望に夢膨《ふく》らんだ笑顔。

「善は急げって言うよね！　さあ、大空へ羽ばたくのよ、フェイトフォー！」

腰に手を当て、もう片方の腕は夜空へ向けてビシッと伸ばしている。

……早まったかもしれない。

「やはり、先ほどのはキャンセルとい――」

「騎士は一度交《か》わした約束を違《たが》えないのでしょ？　誇りはどうしたのかしら？」

「うっ」

「もし、約束を破られたら悲しくて……大声で泣き叫《さけ》ぶかもしれないわ。ラインに大事なものを破られたって！」

「誤解される言い回しはやめてもらっていいですかね⁉」

　ダメだ、やっぱりやめましょう、なんて言える状況じゃない。

「ライン、安心して。私との逃避行《とうひこう》を咎《とが》められるんじゃないかと心配しているのでしょ？　大丈夫よ、ちゃんと置き手紙してきたから」

　優しく微笑《ほほえ》むリオノール姫《ひめ》の顔を見て安心……出来るわけがない。これは今までの経験上、厄介《やっかい》な何かをやらかした時にする顔だ。

「ちなみに、どのような文を？」

「んとね。『私は真実の愛を求めてラインと旅立ちます。捜《さが》さないでください。決してラインに脅《おど》されて書いたものではありません。だから、追ったり捕《つか》まえたりしないでね。殺されたくないもの』って書いたわよ」

「……どう考えてもダメでしょ⁉　そんなの読まれたら絶対に私の関与《かんよ》を疑われます！　今すぐ置き手紙を回収してください！」

　姫に近しい人達は姫の本性《ほんしょう》を知っているので、私が巻き込まれただけだと理解してくれるだろうが、本性を知らない面々からしてみれば、私が脅して誘拐《ゆうかい》したとしか思えない文面だ。

「ごめんね、ライン。もう手遅《ておく》れみたい」

「それはどういう……」

「こんなところに、姫の置き手紙が！　嘘っ、ライン様がリオノール姫と一緒《いっしょ》に駆《か》け落ちするって書いてますよ。他《ほか》にも――」

リオノール姫と仲の良いメイドの一人が叫ぶ声がした。

驚いている割りには懇切丁寧《こんせつていねい》に置き手紙の内容を読んでいる。まるで、周りの人に聞かせるかのように。

「……姫。あのメイド協力者ですよね。いくら渡《わた》しました？」

「何言っているか分かんなーい。てへっ」

頭を小突《こづ》いて舌を出しているが、かわいいと思う心の余裕《よゆう》なんてどこにもない。

ど、どうしよう！　今から戻《もど》って言い訳をして通じるか？

「くそうっ、あの野郎《やろう》うまくやりやがって！　前々からムカついてたんだよ！」

あの怒鳴《どな》り声は自称《じしょう》私のライバルを名乗る、面倒臭《めんどくさ》いドラゴンナイトの同僚だ。

「あらあら。あの様子だと何を言っても耳を傾《かたむ》けてくれないのでは？　下手《へた》したら犯罪者として問答無用で斬《き》りつけてくるかも？」

こ、このお方は！

ニヤニヤと笑いながら迫《せま》るリオノール姫。これもすべて計算尽《ず》くだというのか。

「……でもね。本当に嫌《いや》ならやめていいのよ。ここまででも十分楽しかったから。全部冗談だったってお父様にも言うから。なんだかんだ言っても甘いから、許してくれるわよ」

肩《かた》をすくめて笑う姫。

そんな寂《さび》しそうに笑われたら……。

「何をしているんですか、早く行きますよ」

再びリオノール姫の手を掴み、フェイトフォーの背中に引っ張り上げる。

「本当にいいの？」

「くどいですね。らしくないですよ。さあ、行きましょう」

「うん！」

目に涙を溜《た》めて私の手を握りしめたリオノール姫の顔は、今までで最高に輝《かがや》いて見えた。

フェイトフォーの首筋を軽く撫《な》でてから手綱《たづな》を握る。

その巨体《きょたい》を立ち上がらせると、竜舎の入り口から堂々と出て行く。

すると何人かの兵士と同僚《どうりょう》の騎士《きし》がこちらに駆《か》けてくるのが見えた。

白い翼《つばさ》を大きく羽ばたかせ土煙《つちけむり》が舞《ま》う。

浮遊感《ふゆうかん》が体を包み込む感覚。

「ライン、今ならまだ間に合う。バカな真似《まね》はやめろ！」

「姫を戻すんだ！　どうせワガママに巻き込まれたのだろう！」

引き留める者もいれば、事の成り行きを理解してくれている者もいる。

だがもう、止められるわけがない。

振《ふ》り返った先には、子供のように無邪気《むじゃき》にはしゃぐ姫がいるのだから。

夜空に舞う白い竜。

その背には若き騎士と、うら若き姫。

このシチュエーションだけなら物語の一ページみたいなのだろうけど。

「うはあああっ、めっちゃすごいじゃないの！　ほらほら、下で慌てふためく人が虫けらのようよ！　あっ、そこに口うるさい宰相《さいしょう》がいるから、ちょっとブレス吐《は》いて脅さない？　大丈夫《だいじょうぶ》、ちょっと焦《こ》がすだけだから！　先っちょだけだから！　ねえ、聞いてる⁉」

私の背をバンバンと叩《たた》き、喋《しゃべ》り続けるこの状況《じょうきょう》。

「失敗したかなぁ」

さようなら出世街道《かいどう》。いらっしゃいませ過酷《かこく》な未来。

現実って厳しい……。

3

しばらくはしゃいで疲《つか》れたのか、ようやく姫が黙《だま》ってくれた。

他のドラゴンナイトが追ってくる心配があったので、竜舎にあった手綱と鞍の紐《ひも》を全部切っておいたのが功を奏して、その姿は見えない。

ちなみに切ったのは私ではなく姫だ。

「行きたいところはありますか？」

城から離《はな》れる事ばかり考えていたので、行き先を何も考えていなかった。

やはり女の子らしく、綺麗《きれい》な風景が見える場所とかを望むのだろうか。

「そうね……。まずはこの国から離れましょう。今は夜だからいいけどホワイトドラゴンは目立つし、何よりもこの国だと捕まりやすいから。夜のうちにこの国から離れて、大きな森が近くにある街か村がいいわ。フォーちゃんには身を隠してもらって……あっ、パクってきた宝石を換金《かんきん》したいから、それなりの大きさの街じゃないとダメね」

乙女《おとめ》心《ごころ》の欠片も見せない計画性。

もしかして……。

「姫。私が断っていたとしても、他にも脱走《だっそう》方法を考えていたのではないですか？」

「当たり前でしょ。五つぐらい策を練っていたわよ」

さらっと返すリオノール姫。

……今日、何回後悔したか数える気にもならない。このたくましさがあるなら、きっと一人でも成し遂《と》げていたはずだ。

「でもね、ラインを巻き込むのが一番成功率が高くて……楽しそうだと思ったの。それに、ラインならどうにかしてくれると信じていたから」

文句を言おうとしたが、その言葉で黙ってしまう。

我ながら単純だとは思うが、少し嬉しかった。

「フェイトフォーが身を隠せる場所に心当たりがあります。近くに街もありますので、そこに行きましょう。以前、任務で立ち寄った事があります」

「じゃあ、そこでお願い」

もう後悔はやめだ。今更《いまさら》引き返したところで許してもらえるわけがない。なら、腹を括《くく》ろう。

「ところで、これ以上速く飛べないの？　ほら、もっと飛ばしていいわよ。このスピードには飽《あ》きちゃった。竜車でも、もうちょっと速かったわよ。天才ドラゴンナイトもホワイトドラゴンも大した事ないのね」

姫の身を案じて速度を落としていたのに、好き勝手に言って後ろから体を揺らしてくる。

そんなにスピードを体感したいというのなら、やってあげよう。

「フェイトフォー、本気出していいよ。姫、腰をぎゅっと掴んでください。じゃないと振り落とされますから」

「大袈裟《おおげさ》ね。余裕、余裕よおおおおおおおおおおおおおおおおぉぉぉぉ」

一度大きく羽ばたくと斜《なな》め下へと墜落《ついらく》するように滑空《かっくう》する。

背後から絶叫《ぜっきょう》のような悲鳴が聞こえる。どうやら楽しんで頂いているようだ。

「ちょっ、ちょっとおおおおっ！　もう少し、もう少し、スピード落としてえええぇぇぇええぇ」

「えっ、すみません。よく聞こえません。もっと速くですか？　分かりました、全力出しますね」

「やめえてえええええぇぇぇ」

リオノール姫が何か言っているが、無視して速度を上げる。

今までの言動にイラついて、聞こえない振りをしているわけじゃない。……そこは誤解して欲しくない。

サービスで空中一回転や急降下も披露《ひろう》すると、リオノール姫が大人しくなった。

これでようやく静かに飛べるな。

切り立った山の山頂付近にある小屋にたどり着くと、目がうつろなリオノール姫を降ろす。

「ワタシ地面スキ」

かがみ込んで何かぶつぶつ言っている。

小屋の中にいるはずの住人に声を掛けようとしたタイミングで扉《とびら》が開いた。

「なんじゃいな。こんな夜更《よふ》け……ひいいいやあああ！」

「おじいさん、こんな時間に奇声《きせい》を上げてどうしたんですか。とうとう、ボケちゃいましたか。私は介護《かいご》しませんよ……うひゃああああああ！」

中から出てきた老夫婦《ろうふうふ》がホワイトドラゴンを見て腰《こし》を抜《ぬ》かしている。

「ドラゴンの幽霊《ゆうれい》じゃ！」

「落ち着いてください。以前、ここでモンスターを狩《か》った、ドラゴンナイトのラインです」

見覚えのある老夫婦の前にしゃがみ込み、相手を落ち着かせる。

取り乱していた四つの目は私とフェイトフォーを交互《こうご》に見た。

「あんたは、いや、あなた様はライン様！」

「ああ、モンスターに襲《おそ》われそうになった時に助けてくださった騎士様！」

「覚えていて頂けたようですね」

以前、任務でこの近くを通った時に偶然《ぐうぜん》モンスターに襲われている場面に遭遇《そうぐう》して、助けた事があった。

「極秘《ごくひ》任務でこの方の護衛をしている最中でして。お礼はしますので、しばらくの間この子を預かってもらえませんか？」

「今は使ってない牛舎がありますので構いませんが」

「ライン様の頼みとあれば」

「助かります。重ね重ね申し訳ないのですが、部屋の隅《すみ》でも構いませんので、日が昇《のぼ》るまで休ませてもらっても？」

自分はこのまま街まで歩いても平気だが、リオノール姫《ひめ》は眠気《ねむけ》と疲れで限界が近い。

いつもなら出しゃばって交渉《こうしょう》する場面だというのに、一切《いっさい》口を挟まないのが余裕のない証拠《しょうこ》だ。

老夫婦が一部屋提供してくれたので、ご厚意《こうい》に甘えリオノール姫をベッドに寝かせて、自分は床《ゆか》に座り込む。

肉体と精神が想像以上に疲労《ひろう》していたようで、押し寄せる睡魔《すいま》に意識をあっさり手放した。

「よその国の街を自由に歩けるのって新鮮《しんせん》よね」

「目立つような真似だけは避《さ》けてくださいよ」

隣《となり》に並んで歩くリオノール姫に釘《くぎ》を刺《さ》しておく。

今はドレス姿ではなく、目立たない服装に着替《きが》えている。この服は脱走に協力したメイドに頼《たの》んで用意しておいた私服らしい。

フェイトフォーと姫が持ってきた大きな荷物と脱いだドレスは、山奥《やまおく》の老夫婦の家に預けてきた。

あの家から徒歩で一時間ほど歩いた先にある街にやって来たのだが、物珍《ものめずら》しそうに辺りを見回しているリオノール姫の行動は、田舎娘《いなかむすめ》っぽくて意外と違和感《いわかん》がない。

「しかし、いつもながら見事な髪色《かみいろ》の変化ですね」

「ふっふっふ。この変装用魔道具《まどうぐ》、変色五号があればちょちょいのちょいよ」

ポケットから取り出した金属製の筒《つつ》。それは即座《そくざ》に染められる魔道具で髪の毛だけではなく、壁《かべ》の落書きや、いたずらにもリオノール姫は愛用していた。

ちなみに魔道具の名前は勝手に命名したそうだ。

「ラインも茶色に染める？」

「元々くすんだ金髪《きんぱつ》なので問題ないですよ」

鮮《あざ》やかな金髪だと貴族や王族と疑われかねないが、私の髪はそこまで鮮やかな金色ではない。

「姫様、適当に観光したら帰りましょうね」

「嫌《いや》よ。せっかく一般《いっぱん》市民の振りをしているのだから、もっと楽しい事がしたいわ。それに姫様はやめて。バレたら逃亡《とうぼう》劇が終わっちゃうんだから」

「では、リオノール様」

「本名もダメ。あっ、どうしてもって言うなら、呼び捨てなら許してあげるわよ」

「じゃあ、偽名《ぎめい》考えましょうか」

そう切り返すと、頬《ほお》を膨らませてすねている。なんで、そんなに呼び捨てにこだわるのだろう。

「じゃあ、二百歩譲《ゆず》って偽名でいいわよ。えっと、フランソワーズとかどう？」

「どっからその名前が出てきたのですか。その方が貴族っぽいですよ。偽名ですか……じゃあ、リールとかでいいのでは」

「安易ね。でも、採用してあげるわ。今日から私はリール、分かったわね」

どうやら納得《なっとく》してもらえたようだ。

さて、ワガママ姫様を満足させるにはどこがいいのか。

よくよく考えると前に来たのは騎士団《きしだん》として、仕事で来たので名所も何も知らない。おもてなしをしようにも街の知識すらない。

「そうだ。せっかくだから、冒険者《ぼうけんしゃ》やってみない？」

「ご冗談《じょうだん》を。リオノール姫……リール様を危険に晒《さら》すわけにはいきません」

名前を口にしたら睨《にら》まれたので訂正《ていせい》しておく。

「むううう。じゃあ、冒険者は次の機会に取っておくわ」

次の機会ってなんだ。今日一日だけ付き合ったらブライドル王国に戻《もど》る約束だよな。

そして明日には他国へと嫁《とつ》ぐ事になる。本来ならこんな事をしでかせば結婚《けっこん》は取り消しになるに決まっているが、今回の一件は総力を挙げて隠蔽《いんぺい》するに決まっている。

「じゃあ、宝石を換金できるところに行くわよ」

「換金となると貴金属店に売るか、雑貨屋のようなところに売りつけるか、ぐらいでしょうか」

「怪《あや》しいところだと安く買い叩《たた》かれそうよね。貴金属を扱っている店で売りましょう」

反論する理由もなかったので、通りで一番立派な店構えをしていた宝石店に入り、持ってきた中で一番小さな宝石の付いた首飾《くびかざ》りを売る。

それでも店内に並んでいる装飾品《そうしょくひん》の中で一番価値があったようで、大金があっさりと手に入った。

「これで旅費はバッチリね」

「私は宝石の価値が分からないのですが、売って大丈夫《だいじょうぶ》な代物《しろもの》だったのですか？」

「んー、なんか国宝一歩手前とかなんとか言ってた気もするけど、大丈夫でしょ」

絶対に大丈夫じゃない。……聞かなかった事にしよう。

軍資金が確保できたので、リオノール姫の気分の赴《おもむ》くままに街をぶらつく。昼前から夕方近くまではしゃいで満足したように見える。

「リール様。そろそろ、城に戻りませんか？」

「うーん、もうちょっとだけ……って言いたいけど、これ以上のワガママは許されないよね。分かったわ」

えっ、意外にもあっさりと了承《りょうしょう》してくれた。

リオノール姫は本当に一時の自由を求めていただけだったのか。何か裏があるのではないかと疑っていた自分を恥《は》じたい。

「最後に一緒《いっしょ》にご飯食べたいんだけど、ダメかな」

上目遣《うわめづか》いで懇願《こんがん》されて断れる男はいない。

小さく息を吐《は》くと、笑顔《えがお》を向ける。

「ダメなわけないですよ。さあ、行きましょう」

姫と一緒に食べる最後の晩餐《ばんさん》。

豪華《ごうか》な店より庶民的《しょみんてき》な店で好きな物を食べよう。余計な事は考えずに、この大切な一時を共に過ごそう。

4

……目が覚めると、木目の天井《てんじょう》が見えた。

「寝《ね》ていた？」

記憶《きおく》が曖昧《あいまい》だ。なんで私は寝ているんだ。

リオノール姫と食事をして、姫のすすめる酒を断るのも失礼だと一口だけ飲んで……そこから記憶がない。

……えっ？

「今、何時だっ!?」

慌《あわ》てて上半身を起こして窓際《まどぎわ》のカーテンを開ける。

外はかなり明るく、太陽は真上にあった。

「もう、昼……えええええっ！」

他国へと嫁ぐリオノール姫が結婚のために国を出発しなければならない時間は、とっくの昔に過ぎている！

「今から、全力で飛ばして……まず、フェイトフォーのところまで行くのに時間が……。ど、ど、どうすれば！」

頭を抱《かか》えて必死に考えるが、打開策が何も思いつかない。

間に合わないにしても戻るしかない。はっ、リオノール姫はどこに!?

部屋中を見回すとベッドの隅に脱《ぬ》ぎ捨てられた下着が転がっていた。……それも女物が。

そっと毛布をめくって自分の姿を確認《かくにん》すると、上半身は裸《はだか》だが下着は穿《は》いていた。

「まさか、まさか……そんな事はあり得ないよな」

自分を信じよう。酒に酔《よ》って記憶がないが、だからといって一線を越《こ》えるような真似《まね》をするような男ではないと。……してない、よな？

そんなベタベタな展開はあり得ない、よな？

「もう、朝からうるさいわね。昨日は遅《おそ》かったんだから、もう少し眠らせてよ」

隣から聞こえる声。

首を少し傾《かたむ》ければ声の発生源を確認できるが、体が硬直《こうちょく》して動かない。……違《ちが》う、動かしたくない。

「昨日は激しかったわね」

しがみつく腕《うで》に伝わる、障害物を一切挟まない柔《やわ》らかすぎる感触《かんしょく》。

ぎぎぎぎ、と錆《さ》びた金具のような音を立てながらどうにか横を向くと……大事な部分を辛《かろ》うじて隠《かく》している、素《す》っ裸《ぱだか》のリオノール姫がいた。

頬を赤らめているのは酒が残っているためだと思いたい。

「姫様、あのですね、服を着て頂けないでしょうか」

「もう、今更《いまさら》何を照れているのよ。それに熱い夜を一緒に過ごした相手に、姫様はおかしいでしょ。さあ、昨日の夜みたいに恋人《こいびと》らしく、リオノールって呼んで」

艶《つや》っぽい声で囁《ささや》かれて、背筋がぞくりとする。

「い、一応、確認をしたいのですが。昨晩は何もありませんでしたよね？」

一縷《いちる》の望みに賭《か》けてそう訊《たず》ねると、顔を伏《ふ》せて毛布をぎゅっと摑《つか》んだ。

こ、この反応は……。

「酷《ひど》い人。あんなに情熱的な夜を過ごしたのに、忘れたなんて言わせないんだから。ちゃーんと責任を取ってね、ダーリン」

その言葉を聞いて、事の大きさに耐《た》えきれなくなった精神が意識を手放した。

目が覚めると窓の外が少し暗くなっていた。

あまりのショックに夕方まで気を失っていたのか。

恐《おそ》る恐る隣を確認するとベッドの上には誰《だれ》もいない。転がっていた下着も消えている。

責任の重さに精神が耐えきれず、意識を失った自分が情けない。

少しも覚えていないが、リオノール姫《ひめ》の純潔を奪《うば》ったのであれば責任を取らなければならない。

「騎士の誇《ほこ》りに……男として当然、だよな。……はっ！」

自分の事ばかり考えてしまったが、今一番に不安なのはリオノール姫だ。

ハッキリと意思を伝えて安心させなければ。

いつまでも寝てはいられないと立ち上がって服を着ると、ベッド脇《わき》の机に置いてある紙が目に入った。

その紙が飛ばないように小瓶《こびん》が置いてあって、ラベルが濁《にご》った緑色をしている。

「この字は姫か。何か書き残しているようだが、何々」

『おはよう、ライン。この時間からだと国に戻っても結婚式《けっこんしき》には間に合わないわね。あっ、そうそう。昨日の晩は私が酒に入れた睡眠薬《すいみんやく》のおかげで朝までぐっすり寝ていたわよ。だから、なーんにもなかったから安心して。これでバッチリ時間を稼《かせ》げたけど、念には念を入れて、明日の昼まで姿を隠《かく》すね。だ、か、ら、本当なら式を挙げている時間まで、捜《さが》さないでください。あなたの愛するリオノール姫より』


手にしていた置き手紙をぐしゃっと握りつぶす。

「ひいいいいめえええええええっ！」

やられた！　完全にハメられたっ！

部屋を飛び出し受付で話を聞くと、昼過ぎに一人で出て行ったらしい。

絶対に見つけて、首に縄《なわ》を付けてでもブライドル王国へ連れて行くぞ！

今までは姫様だと思って甘く接していたが、もうやめだ。許さん！

深夜まで街中を走り回って情報を集めたが、一向に足取りが摑めない。

あの魔道具《まどうぐ》を使い髪色《かみいろ》を変えて逃走《とうそう》しているのだろう。リオノール姫が本気を出して逃げたら、そう簡単には捕《つか》まえられない。

城からの脱出《だつしゅつ》逃走は日常茶飯事《さはんじ》で、何十人もの兵士とメイドを街中に解き放っても半日逃《に》げ切るなんてざらだった。

大半が飽《あ》きて自ら城に帰ってきたところを捕まるというパターン。

そんな相手を自分一人で見つけられるとは思えない。

考えろ、考えろ。

結婚式に間に合わないのは確定だが、いいように弄《もてあそ》ばれたのが許せない。

どうにか捕まえて謝らせないと、腹の虫が治まりそうにない。

「姫が立ち寄りそうな酒場やカジノにもいなかった。まともな手段じゃ見つけるのはまず不可能だろう。だったら、まともじゃない手段を使えば……」

ある方法を思いついた私は街から出ると、目的地に向かって全力疾走《しっそう》した。

5

「街中なのよ。な、何考えているのおおおおっ！」

半泣きで逃げ惑《まど》うリオノール姫がいる。

予想通り、髪色を茶色から黒に変化させていた。

どれだけ逃げようが上空から見下ろしているので、路地裏に飛び込んでも直《す》ぐに見つけられるから無意味だ。

「無駄《むだ》な抵抗《ていこう》はやめて降伏《こうふく》してください。今なら縄縛《なわしば》り遊覧飛行で許してあげますから」

「嫌《いや》よ！　何その物騒《ぶっそう》なネーミング！　どうしたのよ、あの真面目《まじめ》で仏頂面《ぶっちょうづら》で優しかったラインはどこに行ったの！」

走りながら、それだけ喋《しゃべ》れる事に少し感心してしまう。

「真面目なドラゴンナイトは昨日死んだのです！　国に戻《もど》ったところでろくな未来が待っていませんからね。姫に振《ふ》り回されっぱなしの人生は昨日までです。なので今度は逆に姫様を縛って振り回してみようかと」

「物理的なのは違うと思うのおおおっ！」

フェイトフォーに跨《また》がって上空から姫を追い続ける。

地上から見つけられないのであれば上から捜《さが》せばいい。フェイトフォーの優《すぐ》れた嗅覚《きゅうかく》なら、人混《ひとご》みの中から姫の匂《にお》いを嗅《か》ぎ取る事も不可能じゃない。

この方法に問題があるとすれば……。街行く人々が滑空《かっくう》するホワイトドラゴンを目《ま》の当たりにして呆然《ぼうぜん》としている事ぐらいか。

他国でドラゴンナイトがこんな真似をすれば国際問題になるだろうが、もう知った事か。

「悪かったから、私が悪かったから許してええええぇ」

限界が近いのか走る速度が落ちてきたリオノール姫に併走《へいそう》するかのように、速度を落としてフェイトフォーを並ばせる。

「そこまで言うなら分かりました。反省しているようですから、このまま城に戻りましょう。土下座して謝れば許される可能性もわずかですが残されているかもしれません。あと私は巻き込まれた事をちゃんと伝えてください」

足が止まって荒《あら》い呼吸を繰《く》り返している姫に水筒《すいとう》を手渡《てわた》し、優しく微笑《ほほえ》む。

これぐらいすれば反省して少しは行いがマシになるかもしれない。今回の結婚は破談になるだろうが、今後のために少しはまともな生き方をしてもらわないと。

「はあ、はあ、ごめんね」

素直《すなお》に謝罪を口にしている。うんうん、心を鬼《おに》にして追いかけたのは間違いじゃなかった。

「本当にごめんね！」

「ん？」

リオノール姫は勢いよく振り返ると、いつの間にか手にしていた粉を投げつけてきた。

「こんな子供だましの……へっくしょい！」

砂で目眩《めくら》ましでも狙《ねら》ったのかと油断したら、コショウじゃないか。

私はちょっと鼻がムズムズする程度で済んだが、それを間近で吸《す》い込んだフェイトフォーが鼻を押さえて、くしゃみを繰り返している。

「今度最高級のお肉をいーっぱい奢《おご》ってあげるから！」

その言葉を残して路地裏へと消えていく。

地面に落とされた水筒を拾って、コショウまみれの顔を洗ってやる。

「さてと、もう許す必要はないよな……」

唸《うな》るように低い声で呟《つぶや》くと、大きな瞳《ひとみ》を赤くさせたフェイトフォーが大きく頷《うなず》く。

ここまで私達をこけにしたのだ。覚悟《かくご》は完了《かんりょう》しているはず。本気の鬼ごっこを始めよう。

「まさかあれから半日逃げ切るとは。姫様を甘く見ていた事を深く陳謝《ちんしゃ》します」

「グアウウウ」

私の言葉に応じて、フェイトフォーも長い首を縦に何度も振っている。

「ドラゴンナイトの追跡《ついせき》をそこまで逃げ切るのは至難の業《わざ》ですよ。な、フェイトフォー」

「グウウ」

同意してくれたようで、さっきよりも激しく頭を振っている。

「……ひいああああ。もうやめてえええええ」

何か聞こえるが気のせいだろう。

「これからどうしようか。もう国に戻っても……」

ブライドル王国を飛び出して三日。結婚式の日時はとっくに過ぎている。

いい加減、開き直ってきた。この三日、破天荒《はてんこう》な姫に翻弄《ほんろう》されすぎて自分の中で何かが壊《こわ》れた気がする。

真面目すぎる生き方に対しての疑問が膨《ふく》らんできた。

騎士《きし》として規律を重んじ、人々の模範《もはん》となるべき。

――こんな生き方は損を被《こうむ》るだけで、何も得をしないのではないか？

傍《はた》から見れば迷惑《めいわく》で破天荒な人生でも、当人が笑って過ごせるなら、それが一番なのではないか？

リオノール姫を見ていると、今までの考えが覆《くつがえ》されそうになる。

「フェイトフォー。キミは真面目な私と自由に生きる私。どっちの方が好ましいと思うかい？」

首を傾《かたむ》けてじっと目を見つめてくる。

「自由に憧《あこが》れるのは間違《まちが》いなのだろうか」

私の問いに頭を左右に激しく振って否定してくれる、フェイトフォー。

「……ここにきて横揺れええええぇぇぇ」

さっきから話の邪魔《じゃま》をする声が気になるので、視線を下に向けると……フェイトフォーの首からロープでぶら下げられているリオノール姫が揺れている。

一国の姫を縛って運ぶのはどうかとも思ったが、あれから二度逃走を図《はか》ったのでやむなく強硬《きょうこう》手段に出るしかなかった。

「姫様、反省されたのであればこちらに引き上げますが？」

「ふっ、この程度のプレイでへこたれる精神はしてないんだからねっ」

この状況《じょうきょう》下で強がりを言える精神力は素直に尊敬する。

「フェイトフォー、首の運動」

指示に従って首をぐるぐると回し始める。

「やめて、やめて！　酔う、酔うから！　このままだと、お口からご飯出ちゃうわよ！　姫様《ひめさま》の嘔吐《おうと》シーンをご披露《ひろう》してもいいの⁉　ごめんなさい、私が悪かったからああああっ！」

とか叫んでいたが、しばらくしたら状況に順応《じゅんのう》してきたようで、ぐるぐる巻きで揺れながら景色を楽しんでいる節がある。

「アレ見て、アレ！　でっかいカエルがめっちゃ跳《は》ねてるわよ！」

やっぱり、慣れてきているな。

呆《あき》れながらちらっと目をやると、自ら体を揺らし回転させて遊んでいる。

「はあ……。あれこれ考えるのがバカらしくなってきました。姫様、どこか行きたい場所ありますか？」

「えっ、いいの？　期待させておいて城に連れて帰って絶望を味わわせるとかいう、意地の悪い仕返しとかじゃないよね？」

「なるほど、それもありですね」

「お願いだから、マジでやめてちょうだい！　お父様もさすがにブチギレしていると思うのよ。戻ったら何されるか分かったもんじゃないわ」

姫は本気で心配しているようだが、おそらく大丈夫《だいじょうぶ》だ。王は姫には甘い。

姫が主犯だとしても罪は全部自分に被《かぶ》され、私一人が責任を取る形になるから。

「……騎士の誇《ほこ》りにかけて、裏切ったりしませんよ」

「まあ、捕まっても安心してちょうだい。私が全力でかばうし、一人でめっちゃ怒られてあげるから」

「期待しています」

と口にしたものの、世間はそんなに甘くない。

リオノール姫はずる賢さも含《ふく》めて頭が良いが常識に疎《うと》い。それは姫として育てられてきたのだから当然とも言える。

事の重大さを本当の意味で理解していない。

「先が短いなら、楽しまないと損か……」

「今、何か言った？　風の音がうるさくて聞こえないのよ！」

心の中で呟いたつもりだったけど、声に出ていたのか。

「いいえ、別に。姫様が今回の一件で結婚《けっこん》を破棄《はき》された事が知れ渡《わた》ったら、貰《もら》い手がいなくなって、一生独身っぽいとか言ってません」

「禁句を言ったわね！　私も若干《じゃっかん》不安なんだから！　不敬罪で捕まえさせるわよ！」

フェイトフォーの背中に上がってきそうな勢いで、激しく体を揺らしている。

ロープ一本の不安定な状態で支えられている自覚はないのか。

いつもならここで自分があきらめて謝る場面だが、今日からはもう折れないと決めた。

騎士道は捨ててしまおう。どうせ騎士の位は剝奪《はくだつ》されるのだから。

リオノール姫を見習って、もう少しワガママに自由に生きてみよう。まず手始めに……反抗《はんこう》してみるか。

「んー、急に槍《やり》の素振《すぶ》りをしたくなってきたなー。ふんっ、ふんっ！」

暴れながら叫《さけ》ぶリオノール姫を無視して、飛行しながら得意の槍を振るい始める。

「ちょっ、やめて！　危ないでしょ！　ロープに当たったらどうするつもり⁉　いい加減にしないと女性にはゴミのように扱われて、男にはめっちゃ惚《ほ》れられる童貞《どうてい》の呪《のろ》い掛けるわよ！」

「呪いの内容に悪意しか感じられない！」

そんなバカなやり取りをしながら、私達は空の散歩を続けた。

6

国を飛び出してから四日目。

自分達はなぜかやたらと煌《きら》びやかな場所——カジノにいる。

「本当になんでカジノにいるんですかね」

「ハメを外して遊ぶならカジノって相場が決まってるのよ。もう、吹《ふ》っ切れて遊びまくるんでしょ？」

「…………聞こえてましたね」

大空を移動中に自分が口にした「楽しまないと損か」という呟き。

リオノール姫は風がうるさいと言っていたが、実際はバッチリ聞こえていたと。

「男ならギャンブルぐらいした事あるんでしょ？」

「騎士団のメンツと模擬《もぎ》戦で勝ったら夕ご飯を奢《おご》るとかぐらいなら」

「かーっ、ダメダメね。ギャンブルに明け暮れて、酒をかっくらい、いい女を抱《だ》くってのが男の生き様でしょ！」

熱弁を振《ふ》るっているが、それは男らしいではなくただのダメ男なのでは。

自分とは真逆の人間すぎて、そんな自分を想像すら出来ない。私には一生無縁《むえん》の生活っぽい。

「まずは話し方から変えていかないと。そんなですます口調は、こんな場末の汚《きたな》い賭場《とば》には似合わないわ。もっと小汚《こぎたな》い格好で安っぽい酒を飲みながら乱暴に話さないと」

リオノール姫の発言を聞いて客とディーラーがこっちを睨《にら》む。

「ひ、姫。声を抑《おさ》えて！　すみません、ちょっと悪酔《わるよ》いしているようで」

ぺこぺこと何度も頭を下げて、周りに謝っておく。

店員を呼んで金を握らせると「お客さんに一杯《ぱい》奢ってください」と伝えておいた。

「世間知らずっぽいのに、意外と要領いいわね」

「姫には言われたくないです。誰《だれ》か様と一緒《いっしょ》にいる機会が多いと、その場を無難に収めるテクニックが自然と身につきまして。おかげさまで」

「あら、良かったじゃない。社交性って大事よ」

皮肉を理解しているのか、そうでないのか。その笑顔《えがお》からは何も読み取れなかった。

「でさ、話戻《もど》るんだけど」

「戻らなくてもいいのになあ」

「服装は私のチョイスでなんとかなっているけど」

今着ている……独特なセンスが光るチンピラっぽく見える服は、リオノール姫が選んでくれた物だ。

赤という派手目な色合いのジャケットを腕《うで》まくりして着ている。姫曰《いわ》く、

「長い袖《そで》を腕まくりした方が不良っぽさが出るわよね」

らしい。その感覚は騎士の私には理解しがたい。でも、悪くない服装だと思う。

姫も高級な服から庶民的《しょみんてき》な物へと着替え終わっている。緑を基調とした飾《かざ》り気のないワンピースなのだが、元が良《い》いので何を着ても似合う。

二人並んだ姿は、街の娘《むすめ》とちょっと不良っぽい若者のカップルに見えなくもない。

「服装に話し方を合わせないと違和感《いわかん》バリバリよ。はい、今からヤンキーっぽく話すように」

また無茶《むちゃぶ》振りをしてくる。

不良っぽい乱暴な物言いか。そういえば昔は悪だった自慢《じまん》をする先輩《せんぱい》がいたな。あの人が昔話を披露する際に変なしゃべり方をしていた。あれを真似《まね》てみよう。

「分かった、ぜ。なんとかしてみる、ぜ」

「んー、及第点《きゅうだいてん》にすらほど遠いけど、使っているうちに慣れるでしょ。じゃあ、遊んでいくわよ！」

「はい、分かりました、ぜ」

リオノール姫に引っ張られるがまま、一つの席に腰掛《こしか》ける。

丸テーブルでカードを使って遊ぶゲームのようだ。

「兄ちゃん初顔だな。ルールは分かるか？」

「カードゲームはよくやっていました……あ痛っ。ええと、よくやっていた、ぜ。だから、分かると思う、ぜ」

姫に脇腹《わきばら》をつねられて話し方を変える。

意識してないと直《す》ぐボロが出てしまう。

「そこの美人の彼女はやらねえのか？」

「あら、美人だなんて見る目あるわね。特別に拝観料は取らないでおいてあげるわ。私は彼の活躍《かつやく》を見物するから放《ほう》っておいて」

見物と言うよりは、失敗しないか見張っているの間違いじゃないのだろうか。

昔から芝居《しばい》は得意ではないけど、期待に応《こた》えられるように不良に扮《ふん》してみよう。

「んじゃ、勝負を始めましょう、ぜ」

お金を賭《か》ける本格的な博打《ばくち》はした事がないが、過剰《かじょう》に熱中しないよう程々《ほどほど》に楽しむようにするか。

7

「なんで、勝てないんだよ！」

あれから、ずっと負け続けている。

カードゲームで二十連敗したあと、今度はボールが入る場所を選ぶギャンブルをやってみたのだが、こちらでも二十連敗中だ。

「うっひゃー、また当たったわ！」

落ち込む私の隣《となり》で絶好調なリオノール姫。……自分はやらないって言ったくせに。

この方は前から悪運が強いと思っていたが、純粋《じゅんすい》に幸運値が高いのかもしれない。

私が負け続けてもお金が尽《つ》きないのは、それ以上に姫が勝っているから。感謝する場面なのかもしれないが、自分が勝てない横ではしゃぐ姿を見てしまうと……少しイラッとする。

「ほら、次の勝負だ！」

「兄ちゃんギャンブル向いてねえと思うぜ。お連れの姉ちゃん連れて今日は帰ったらどうだ？」

「いいから、次を頼む！」

くそっ、ディーラーにまで同情されている。

「いくらでも負けて良いわよー。私がその分、稼《かせ》いであ、げ、る、から」

「なんだ、ヒモか……」

隣の客にすごく失礼な事を言われた気がするが、今はそれどころじゃない。

得意気な顔で私を煽《あお》ってくるリオノール姫に、良いところを見せないと気が済まない！

今度こそは、今度こそは勝ってみせる！

「こい、こい、赤の6、赤の6、赤の6」

転がるボールをじっと見つめ念を飛ばす。あのボールが私の賭けた赤の6の穴に入れば、
今までの負けを取り戻せる。

祈《いの》りながらボールの行方《ゆくえ》を追うと……狙《ねら》った穴の隣に落ちた。

「あら、また勝っちゃった。てへっ」

「ぐあああああっ。なぜだ、なぜ勝てない！　まさか、イカサマをやっているのではないだろうな！」

ディーラーに詰《つ》め寄ると、血の気の引いた顔で左右に激しく振っている。

「いやいや、あり得ませんよ。そんなテクがあるなら、むしろ怪《あや》しまれないようにお兄さ

んに何回か入れてますって。俺もこの商売始めて結構長いけど、そんだけ負け続ける人ってお兄さんが初めてですよ。狙って入れられるなら、そもそも隣の彼女のところには入れませんよ。というか、お連れの彼女連れて帰ってもらえませんかねえ。マジで」

「おーほっほっほ。これぞ生まれ持った運と気品と美貌《びぼう》のなせる業《わざ》。神は我を祝福しているのですわ！　さあ、愚民《ぐみん》共よひれ伏すがいい！　にゃはははははは！」

連勝中で高笑いをしているリオノール姫《ひめ》。酔いが回って手が付けられないほどに、調子に乗っている。

今は私が負け続けているから、オーナー側としても痛手は少ないようだが、毎回、自慢《じまん》気《げ》に勝ち誇《ほこ》る態度にイラついているのが手に取るように分かる。

が、それどころじゃない。

「勝つまでは帰らないからな！　さっさと次の勝負を始めてくれ！」

「はあ、今日はついてねえなあ……」

ディーラーがぼやいているが知った事じゃない。

負けを取り戻すまでは絶対に帰らないぞ！

国を出て五日目。

「お客さん。負けの分を半分返しますから、もうやめた方が……」

今日もカジノに来ている。

昨日は結局一度も勝てなかったから、負け分を取り戻さないと。

「うるさい！　さっさと次の勝負始めやがれ！」

「乱暴な口調が板に付いてきているじゃないの。意外と芝居がうまかったのね」

リオノール姫は私と真逆で全戦全勝。店から出入り禁止を告げられたのに、見学だけだからと強引《ごういん》に入ってきた。

「集中できないからどこかに行ってくれ。邪魔《じゃま》なんだぜ」

「い、言うじゃない。ちょっとキャラに入り込みすぎじゃない？」

頬《ほお》をぴくぴくとさせながら、腕組《うでぐ》みして睨むリオノール姫。

しっしっ、と手で払うと不機嫌《ふきげん》な顔をして店から出て行った。

よーし、これでギャンブルに没頭《ぼっとう》できるぞ。

今まで賭《か》け事になんか興味すらなかったが、結構面白《おもしろ》いじゃないか。これで勝てたらもっと楽しいに違《ちが》いない。

「これで勝負だっ！」

「……外れてますね」

かすりもしねえ！　なんでこんなに外れるんだよ！

「なんでだよっ！　イカサマしてんじゃねえのか、あああんっ⁉」

「してませんって。昨日も同じやり取りしましたよね！　おい、誰かさっき出て行った保護者連れてこい！」

「えっ、あの客も相当厄介《やっかい》ですよ⁉」

「それでもこいつよりマシだろ！」

客に向かって失礼な連中だ。

私は芝居でダメな男を演じているだけで、本当はギャンブルも好きじゃないってのに。

昨日負けた分は必ず取り戻《もど》してみせる。

六日目。

「もうギャンブルはやめて！　私の稼《かせ》ぎが全部なくなったじゃないのっ！」

「うっせえ。俺が一発でかいの当てて楽させてやるから、黙《だま》って金を寄こしやがれっ」

リオノール姫が涙目《なみだめ》で差し出した財布《さいふ》を奪《うば》い取り、中身を確認《かくにん》する。

ぎっしりと金が詰《つ》まっている。

「おいおい、まだまだあるじゃねえか。出し惜《お》しみしてんじゃねえぞ」

「これを持って行かれたら、明日からの生活どうしたらいいのっ!!　もう家にはパンを買うお金すらないのよ。あの子は何を食べたらいいの！」

「ジャイアントトードでも狩《か》りに行かせろよ。あいつなら丸ごと食うだろ」

フェイトフォーならあの程度のモンスター一撃《いちげき》だ。

俺の腰にリオノール姫がしがみついてきたので振《ふ》り払おうとするが、放すまいと全力で抵抗《ていこう》している。

「おい、クズがいるぞ。育児放棄《ほうき》じゃねえか」

「奥《おく》さんと子供がかわいそう……」

客が好き勝手な事を言っている。

その反応を聞いてリオノール姫がニヤリと笑う。

あーあ、喜んでるよ。

「このまま負け続けたら、ここのオーナーに『金が払えなかったら分かってんだろうな？シャワー浴びてから俺の部屋に来いよ』とか言われて、いやらしい手つきで全身をまさぐられてしまうのねっ！」

悲劇のヒロインとばかりに大声を張り上げて、大袈裟《おおげさ》に泣いているように見える。

「えっ、ここのオーナーってそういう人だったのかよ」

「たまに感じる、いやらしい視線は間違いじゃなかったのね」

姫のせいでこの店のオーナーの風評被害《ひがい》が広がっていく。

「あんたら、いい加減にしろよ！　営業妨害《ぼうがい》で訴《うった》えるぞっ！　なんでわざわざ店の中で妙《みょう》な小芝居をしやがる！」

肩《かた》を怒《いか》らせて怒鳴《どな》りつけてきたのは、この店のオーナーだ。

「なあ、うちの店になんの恨《うら》みがあるんだ⁉　女の方はボロ勝ちしてディーラーを煽って泣かして、男の方はボロ負けしていちゃもん付けやがった！　そのおかげで、ディーラーが引きこもったんだぞ！　で、それでも飽《あ》き足らずにこの仕打ちかっ！　昨日出禁って言ったよな⁉」

この茶番劇は昨日出入り禁止にされた憂《う》さ晴らしをしたいという、リオノール姫のワガママに付き合っただけだ。ちょーっと盛り上がったが。

「おい、こいつらをつまみ出せ！」

私達を取り囲む黒服の連中。

「へっ、用心棒か。しゃあねえな、ここは引こうぜ」

「何言ってんの。こっからが面白いんでしょ。はい、あんたならこれでいけるよね」

そう言って投げ寄こしたのは、柄《え》の長いモップ。

愛用している槍《やり》より少し短いが、これなら問題なく戦えそうだ。

「でも、一般《いっぱん》市民に手を出すのは推奨《すいしょう》できませんよ」

「こら、口調が戻ってるわよ。ちゃんとチンピラっぽさ出していかないと。はい、じゃあ、さっきのシーンからやり直しね」

「ごほんっ。……愚民共が俺に刃向《はむ》かうんじゃ――」

「やり直すな！　帰れ！」

黒服が一斉《いっせい》に襲《おそ》いかかってきたので迎撃《げいげき》しようとしたが、市民に手を出す気にはなれず、リオノール姫を抱《かか》えてカジノから撤退《てったい》した。

8

なんとか逃《に》げ切って公園の片隅《かたすみ》で姫を下ろす。姫をかばって殴《なぐ》られっぱなしだったので体中が痛い。

それでも日頃《ひごろ》の鍛錬《たんれん》のたまもので目立つ怪我《けが》はないようだ。

リオノール姫がうずくまった状態で小刻みに震《ふる》えている。もしかして、怪我をさせてしまったのか⁉

「大丈夫《だいじょうぶ》ですか、姫？」

「くううっ、面白かったわね！　カジノで暴れるなんて、昔読んだ小説と同じ展開だったわ。うんうん、やっぱこうじゃないとね」

心配するだけ無駄《むだ》だった。

この状況《じょうきょう》でも落ち込むどころか楽しむポジティブさ。私には一生真似《まね》できそうにないが、少し、ほんの少しだけ羨《うらや》ましい。

「ラインも楽しそうだったわよ。ほら、今も笑ってるし」

「えっ？」

姫《ひめ》が手鏡を突《つ》き出してきた。

そこに映る私は困った表情をしていたが、口元には笑《え》みが浮《う》かんでいる。

「前から思っていたけど、ラインは我慢《がまん》しすぎなのよ。もっと自由に楽しまなきゃ損でしょ。たった一度の人生なのに、自分から縮こまってどうすんの。私を見習って、にーっと笑いなさい！　これは姫からの命令よ！」

私の口の端《はし》に人差し指を添《そ》えると、強引に口角を持ち上げられた。

リオノール姫を見習ったらろくでもない事になりそうだけど、命令なら仕方がない。騎《き》士《し》として従うまでだ。

「分かりま……分かったよ。ここからは全力でチンピラやらせてもらう、ぜ」

「ふふふっ、楽しみにしているわね」

「じゃあ、これから何をしようか」

「前も言ったけど冒険者《ぼうけんしゃ》してみたい！　自由と言えば冒険者でしょ。胸躍《おど》る冒険活劇の主人公になるチャンスは今しかないわ！」

胸の前で手を組み合わせて熱く語っている。

リオノール姫の身を案じて一度は断ったが、私が本気を出せば姫の身一つぐらいなら守れるだろう。

それに自分も一度冒険者をやってみたかった。任務で冒険者と共にモンスター駆除《くじょ》をした事があるが、姫の言う通り自由を体現したかのような振る舞《ま》いをする者が多かった。批判的な騎士も多かったが、個人的には嫌いではなかった。むしろ、少し羨ましいとすら。

「いいぜ。じゃあ、冒険者ギルドに行って登録してみるか」

「えっ、いいの!!　やったー！　言ってみるもんね。ライン大好きっ」

媚《こ》びた甘えた声でウィンクをしてくる。

「はいはい、ありがとうございます。冗談《じょうだん》でも嬉《うれ》しいですよ」

「ふーん、嬉しいんだ。……冗談でもないんだけどなぁ」

「何か言いました？」

「べーつーにー。ほら、冒険者ギルド行くわよ！」

なぜか頬を膨らませて不機嫌そうな顔をしている。

さっきまで上機嫌だったのに、ころころ表情が変わるお方だな。

手を掴《つか》まれて強引に連れて行かれる。抵抗する必要もないのでそのままリオノール姫に従う事にした。


「へえ、本当に冒険者ギルドの一階って酒場が併設《へいせつ》されているのね」

ギルドに入ると辺りをきょろきょろと見回して、好奇心《こうきしん》を隠そうともしない。

まあ、自分も似たようなものなのだが。

ウエイトレスと職員らしき人が何人も働いて、酒場では冒険者らしき人々が昼間っから酒を飲んでいる。

姫が憧《あこが》れるのも理解できる自由さ。

「中はこんな感じになっていたのか。……あれっ？　姫様はお忍《しの》びで城下街のギルドに行った事があるのでは？」

「何度も行こうとしたんだけどさ。お父様がギルドに手を回していて、常に私を見つけるクエストが掲示板《けいじばん》に貼《は》られているのよ。だから、冒険者ギルドに遊びに行こうとしたら、何度も捕《つか》まりそうになって」

あー、だからたまに冒険者に連行されて城に戻ってきていたのか。

今思えば彼らにとっては姫の捕獲《ほかく》は命の危険もなく褒美《ほうび》をもらえる、お小遣《こづか》い稼ぎ感覚だったのかもしれないな。

「でも、冒険者になるのであれば、私達の身元を調べられるのでは？」

「それは大丈夫。冒険者カードって身分証代わりにもなるアイテムだからね。偽名《ぎめい》でも大丈夫らしいわ。あと、話し方が戻っているわよ。私じゃなくて俺でしょ」

「そうでした、ぜ」

俺という言葉が使い慣れないので、意識して使わないとダメだな。

これからは俺で通そう。

冒険者ギルドのカウンターに行くと、受付に女性職員がいたので話し掛《か》ける。

「すみま……すまないけどよ。冒険者やりたいんだが、どうしたらいい？」

「はい、まずは冒険者に登録される場合、手数料が必要ですが」

「ああ、わた……俺と彼女の分もある」

事前に用意しておいた金を受付に手渡《てわた》す。

「はい、ちょうどですね。では冒険者について簡単に説明します」

職業ややるべき仕事については知っていたので説明を聞き流していたが、リオノール姫は興味津々《きょうみしんしん》なようで何度も頷《うなず》きながら聞き入っている。

「――となります。では、こちらの書類にご記入願えますか。身長、体重、年齢《ねんれい》、身体的特徴《とくちょう》等です」

手渡された書類に書き込んでいく。

身長、体重は最近騎士団で調べたばかりなので、それを書いておけばいいな。

身体的な特徴としては金髪碧眼《きんぱつへきがん》なのだが、これは貴族や王族の証《あかし》ともいわれる特徴だ。

元貴族の冒険者も存在はしているようだが、珍しさには変わりない。

それに金髪だけならまだいいが、碧眼まで揃《そろ》うと高確率で貴族を連想される。逃走《とうそう》中の身としては俺と姫の情報が、ギルドに伝わっている可能性も考慮《こうりょ》しなければならない。

――金髪、赤い目と書いておく。

「ほら、私の言う事聞いて正解だったでしょ」

隣《となり》でドヤ顔をしているリオノール姫。

今の俺は碧眼ではない。事前に赤いコンタクトレンズを目に装着しているからだ。

リオノール姫の変装アイテムの一つを借りているのだが、これも魔道具《まどうぐ》の一種らしい。

問題は名前だ。本名でもバレないと思うが、リオノール姫もリールと名乗っているのだから、自分も合わせて偽名にした方がいいか。

「……名前を迷ってんの？　じゃあ、今度は私が考えてあげるわ。ええと、あれよ……。ダストってどう？　ほら、いつも騎士のほこり、ほこりってうるさいし」

「……それは意味が違《ちが》うような。ネーミングセンスが最低ですが、でも仮ですからなんでもいいか」

名前はダストにしておく。

「はい、書類は問題ありません。リーンさんに、ダストさんですね。では、このカードに触《ふ》れてもらえますか」

すっと差し出されたのは一枚のカード。

これに登録すればモンスターを倒《たお》した時に得られる経験値が表示される。これも魔道具の一種らしいが、どういう仕組みなのだろう。

「まず、私からでいいわよね？　一度やってみたかったのよ！」

腕《うで》まくりをしてから、リオノール姫がギルドカードに触れた。

「ありがとうございます。リールさん、ですね。筋力、生命力、器用度、敏捷性《びんしょうせい》は平均をかなり上回っていますよ！　おおっ、魔力と知力が桁外《けたはず》れに高いじゃないですか……。うわっ、あと幸運値も高いですね。これはかなり優秀《ゆうしゅう》な人材ですよ！」

べた褒《ほ》めされたのに気を良くしたのか、胸を反らして自慢気《じまんげ》だ。

ちらっちらっと何度もこっちを見てくるのが、若干《じゃっかん》うっとうしい。

レベルと能力値が高いのは、王族はステータスの上がる高級食材やポーションを常日頃《つねひごろ》から口にしているため。

この世界では王族や金持ちの貴族連中が、戦闘《せんとう》経験もないのに優秀だったりするのはそれが理由だ。

それに加え、王族というのは勇者の血が濃《こ》く、生まれつき能力の高い一族らしい。鮮《あざ》やかな金髪と碧眼がその証《しょう》拠《こ》だと言われている。

「なんでも出来そうですが、魔法使い職が向いてますね。これだけの能力であれば上級職のアークウィザードも可能ですよ！」

本当に逸材《いつざい》らしく、受付が目を輝かせて迫《せま》ってくる。

「やっぱ、私はアークウィザードかしら。困ったわ、美貌《びぼう》だけじゃなくって才能まであるなんて」

大声で自慢しているのは周りの人々にも聞かせるためだ。

実際、職員や冒険者達が周りに集まって、何やら話している。

「あの姉ちゃん、性格は難ありっぽいが、能力は高いらしいぞ」

「うちに勧誘《かんゆう》するか？　魔法使い欲しかったしな」

既《すで》に何組かの冒険者パーティーに目を付けられたか。

「あまり目立つ真似は避《さ》けて欲しいのです……だがな」

「僻《ひが》んでるの？　ねえ、僻んでるの？　ごめんねー。この才能と美貌は隠《かく》しようがないから！」

リオノール姫が俺の周りをくるくる回りながら煽《あお》っているのを見て、何人かの冒険者が、

「やっぱ、顔と能力で決めるのは良くねえよな。勧誘するのやめとかねえか？」

「俺も同意見だ」

と意見を変えているが黙《だま》っておこう。

「では、次にダストさんどうぞ」

促《うなが》されてカードに触れる。

そのカードを見た受付の顔が一瞬《いっしゅん》にして驚愕《きょうがく》へと変化した。

「能力値が軒並《のきな》み高いですよ!!　幸運値だけは見た事もないぐらい低いですけど、それ以外は優秀です！」

称賛《しょうさん》してくれるのは嬉しいが、やっぱ幸運値は低いのか。心当たりがありすぎる。

姫様に巻き込まれて、ここにいるのが証拠みたいなものだ。

「これなら、戦闘職が向いていると……んんんっ!?　えっ、既に職業に就《つ》いている？　えっと、ドラゴンナイトおおおおおおっ!!」

受付の絶叫《ぜっきょう》で周りの目が俺に集中する。

「あっ」

しまった！　そういや、騎士《きし》団に入ってドラゴンナイトに任命された時に、この冒険者カードに似たような物に触《さわ》った記憶《きおく》がある！

思い返してみると、冒険者ギルドの職員の格好をしていた人もその場にいた。あの時、登録されたのか。

「ドラゴンナイトって超《ちょう》レアな職業だろ！　マジか、初めて見るぜ」

「確か隣の国には何人かいるのよね、ドラゴンナイト」

「イケメンでドラゴンナイトだなんて、今のうちに唾《つば》付けておこうかしら」

俺達を遠巻きに見物していた冒険者達が騒ぎ始めている。

これは良くないぞ。ただでさえリオノール姫《ひめ》が目立っているのに、ここまで話題になるとブライドル王国の耳に届くかもしれない。

「姫様、ここは一旦《いったん》引きましょう」

「ラインのくせに、私より目立つなんて許せない！」

「そんな事を言っている場合じゃないでしょ！」

渋《しぶ》っているリオノール姫の手を掴《つか》み、強引《ごういん》に出て行こうとしたその時。

「そういや掲示板に、ドラゴンナイトと女性の二人組を捜《さが》している依頼書《いらいしょ》貼ってなかったか？」

冒険者《ぼうけんしゃ》の一人が最悪のタイミングで最悪の発言をした。

さっきまでの憧れの視線から、疑いの眼差《まなざ》しへと変化する。

「ええと、結構な報奨金《ほうしょうきん》が出ていますね。くすんだ金髪のドラゴンナイトと、口が悪いが見た目はいい女の二人連れとあります」

受付が余計な補足を口にした。

ああ、周りの冒険者の目つきが完全に獲物《えもの》を狙《ねら》うそれだ。

「さーてと、手続きは明日にして今日は帰ろうかハニー」

「そうね、ダーリン。おうちに帰ってお洗濯《せんたく》しなくちゃ」

仲睦《なかむつ》まじい感じを出しつつ、腕を組んで出て行こうとすると。

「逃《に》がすわけねえだろ！　おら、取っ捕まえろ！」

「恨《うら》みはねえが酒代になってもらうぜ！」

「どさくさに紛《まぎ》れてケツ触ってもバレねえよな！」

一斉《いっせい》に冒険者共が押し寄せてきた。

俺は咄嗟《とっさ》に姿勢を低くすると、穂先《ほさき》にカバーを掛《か》けた槍《やり》で足下《あしもと》を払う。

「うおっ！」

「邪魔《じゃま》だてめえ。転んでんじゃねえぞ」

倒れた冒険者に巻き込まれて、何人かが転んでいる。

取り囲んでいる人垣《ひとがき》にほころびが出来たので、姫の手を引いてそこから飛び出していく。

「逃げやがった！　モタモタしてんじゃねえぞ、追え、追うんだ！」

どうにかギルドから出たまでは良かったが、無数の冒険者が必死の形相で追いかけてくる。

「ラインのせいだからね！　ラインが私を差し置いて目立つから！」

「そうじゃないでしょ！　黙ってください、舌嚙《か》みますよ！」

普通《ふつう》に走るよりもリオノール姫を担《かつ》いだ方が早いので、荷物のように肩《かた》に担いで街中を逃走する。

「何よこの持ち方。せめて、お姫様抱《だ》っこしなさいよ。お姫様なのよ私は！」

「わけの分からない事で怒るのやめてくれませんかねっ！」

逃げながらも元気どころか、その顔は嬉《うれ》しそうに見えた。

こういったドタバタ逃走劇《とうそうげき》も姫にとっては楽しいイベントなのかもしれない。

9

「しばらくは、あの街には行けないわね。はあー」

ホワイトドラゴンの背中の上で残念そうに吐息《といき》を漏《も》らしている。

あれからどうにか冒険者を撒《ま》いて、街の外の森に隠れていたフェイトフォーに合流すると、一目散にその場を後にした。

「冒険者ギルドにまで手が回っているとなると、冒険者稼業はしばらくお預けだな」

「あーあ。冒険者やってみたかったなー」

「騒ぎが収まったら、今度こそ一緒《いっしょ》に冒険者やりますか」

「約束よ。絶対に約束したからね！」

よっぽど冒険者をやってみたかったのか。俺の肩に顎《あご》を乗せてぐいぐい迫ってくる。

「分かりました、約束します」

「じゃあ、許してあげる。あと言葉遣《ことばづか》い」

「ええと、約束するぜ」

使い慣れた口調と乱暴な口調が入り交じって、無意識だと言葉が交ざるな。

いつかこのガラの悪い話し方に慣れる日が来るのだろうか。

「ほら、名前もリオノールって呼び捨てにする約束だったでしょ」

「そうだったな、リ……そんな約束してませんよね？」

「ちっ、勢いで騙《だま》されなさいよ」

そんなやり取りをしている間に、太陽があと少しで山の向こうに消える。

空には障害物がないから夜間飛行でも問題はないが、今日は肉体的にも精神的にもかなり疲《つか》れた。

それはリオノール姫も同じようで、人の肩に顎を乗せたまま目が半分閉じている。

山間《やまあい》にいくつかの光が見えたので、そこを今日の宿にする事にした。

七日目。

小さな村に一軒《けん》しかない宿屋に泊《と》まり、目が覚めたところだ。

ベッドが二つ置かれた部屋のもう一つにはリオノール姫が寝《ね》ている。

黙っている寝顔は美人なのに、もったいない。

「うひひひ、今日はどんないたずらしようかなぁ」

邪悪《じゃあく》に歪《ゆが》んだ笑顔《えがお》で寝言を口にしている。

……訂正《ていせい》しよう。寝顔もダメだ。

「なんとか逃げ切れたけど、早めにここを離《はな》れないとヤバいかもしれない」

冒険者ギルドから国に連絡《れんらく》は入ったはず。転移魔法を使われたら、一瞬にして捜索隊《そうさくたい》を送り込める。

フェイトフォーの移動距離《きょり》は向こうも把握《はあく》しているので、この村が捜索範囲《はんい》に入っていても不思議じゃない。

「リオノール姫、起きて」

「んがぁ？　……もう少しで口うるさい宰相《さいしょう》をお手製の泥沼《どろぬま》に落とせたのに」

「それは城に戻《もど》ったら好きなだけやっていいから。俺もあの人は苦手だし」

「ふふ、今自然に俺って言ったわね。慣れてきたんじゃない？」

言われてみれば芝居《しばい》する気もなく自然に口から出た。

意外とこの話し方に慣れる日は近いかもしれない。

「直《す》ぐに準備をしてください。早めにここを出ないと追っ手が来るかもしれないので」

「あっ、そうか。昨日のでバレちゃってるだろうしね。急いで支度《したく》するわ」

直ぐに状況《じょうきょう》を理解してくれるから話が早い。

俺も素早《すばや》く身支度《みじたく》を調《ととの》えると、リオノール姫も準備を終えていた。

宿屋の女将《おかみ》に料金を支払《しはら》ってから村を出る。

フェイトフォーが隠れている森は、ここから二十分も歩けば着く場所だ。

「もう少し離れた街に行こうか」

「じゃあ、あそこ行きましょうよ！　カジノで有名なエルロード！　あそこの王子はダメダメらしいけど、宰相がすっごく優秀《ゆうしゅう》らしいわよ」

「カジノ大国エルロードか。……いいな！　じゃあ、そこで決定だ」

向こうに行ってから何をするかで会話が盛り上がり、気がつけばフェイトフォーが隠れている森の付近まで来ていた。

「おーい、待たせて悪かったな。土産《みやげ》に肉の塊《かたまり》買ってきたぞー」

木々の間を抜《ぬ》けて開けた場所に出る。

そこには首を持ち上げて威嚇《いかく》するフェイトフォーと、それを取り囲むドラゴンナイト達がいた。

「ようやく見つけましたよ。リオノール姫。そして、ラインよ」

「団長……」

豊かな顎鬚《あごひげ》と厳《いか》つい顔。俺より一回り大きく屈強《くっきょう》な体。

下級貴族だった俺の実力を認め、ドラゴンナイトに推薦《すいせん》してくれた恩人でもある騎士団長。

ここで死力を尽《つ》くして戦えば、団長を撃退《げきたい》することは可能だろう。だけど、恩義ある団長に手を出すわけにはいかない。

それに団長を退けたとしても、他《ほか》に同僚《どうりょう》のドラゴンナイトや騎士達。

おまけにフェイトフォーを確保されている状態で逃げる方法は……ない。

「昔からもう少し融通《ゆうずう》が利《き》くようになって欲しいと願ってはいたが、ここまではっちゃけるとは予想外だったぞ。もっと冷静で計算の出来る男だと思っておった」

額に手を当てて疲れたように頭《かぶり》を振《ふ》る団長。

「俺も……私もこんな大胆《だいたん》でバカな真似《まね》をする男だとは知りませんでした」

自分自身もこの行動に驚いているぐらいだ。

「ちょっと待って。ラインは私が無理矢理《むりやり》連れ出したのよ。罪はないわ！」

俺をかばうように前に出て、必死にフォローしてくれている。

「姫様。そういうわけにはいかないのですよ。一国の姫が結婚《けっこん》前に騎士の一人を連れて出奔《しゅっぽん》した。もし、それが事実であれば他国に示しが付きません。なのでこの一件は、姫に恋慕《れんぼ》した、若きドラゴンナイトの一人が姫を誘拐《ゆうかい》した、という事件。そうなっているのです」

予想通りの答えだ。

「そんな！　だって本当に私のワガママで連れ回しただけなのよ！　ラインだって被害者《ひがいしゃ》なんだから！　ねえ、ライン。そうよね！」

俺の両肩《りょうかた》を掴《つか》んで訴《うった》えかけてくる、リオノール姫《ひめ》。

「団長。この一件は私の独断でやった誘拐です。どんな罰《ばつ》でも受け入れますので」

「何をバカな事を言っているの！　ふざけないで！　これは私がっ」

「この者を捕縛《ほばく》しろ。姫様はこちらに」

姫の言葉を遮《さえぎ》る大声を放ったのは団長だった。

これでいい。自分一人の命と国の危機。どちらが大事なのか比べるまでもない。

それに、この結末は覚悟《かくご》の上だ。

俺の無実を訴えて叫びながら姿が遠ざかっていく姫に、深々と頭を下げた。

「本当に楽しい一週間でした。ありがとう」

短すぎる人生ではあったが、悔《く》いはない。……やっぱり、ちょっとはある。

俺が死ねば姫様は悲しみ、フェイトフォーとずっと一緒にいるという約束が果たせなくなってしまう。それだけが心残りだ。

10

牢《ろう》に放《ほう》り込まれて数日が経過した。

「ライン・シェイカー。王がお呼びだ」

久しぶりに名を呼ばれ顔を上げると、数名の兵士が鉄格子《てつごうし》の向こうから俺を睨《にら》んでいた。

姫をさらった極悪人《ごくあくにん》だとでも思っているのだろうな。

「やっとか」

どうやら、裁きの時が来たらしい。

もう覚悟は決まっているので、立ち上がり牢を出ようとする。

「まて、そのような身なりで王の前に出ることは許さぬ」

兵士に連れて行かれたのは浴室だった。数日振《ぶ》りに風呂《ふろ》に入れられ、身だしなみを整えさせられた。

こざっぱりした俺を兵士が連行して、王の間へと連れていかれる。

そこにはこの国の重鎮《じゅうちん》たちが立ち並び、正面の王座には立派な髭を蓄《たくわ》えた国王が座り、その隣《となり》にはリオノール姫がいた。

国王は厳しい顔つきだが、迫力《はくりょく》が感じられない。

俺が主犯ではなく、巻き込まれただけだと理解している。そんな目だ。

姫もいつもと違《ちが》ってキリッとした顔つきで、平静を装《よそお》っている。だけど、手すりに置かれた手が小刻みに震《ふる》えているのを見逃《みのが》さなかった。

俺はその場に膝《ひざ》を突き、頭《こうべ》を垂れる。

「ライン・シェイカー。我はそちの将来性を期待していたのだがな。残念だ」

それは建前ではなく本音のようで、大きなため息が漏れている。

「本来であれば、死罪が妥当《だとう》なのだがリオノール姫からのたっての願いにより、極刑《きょっけい》だけは免《まぬが》れた。シェイカー家は取り潰《つぶ》し、そちは国外追放とする。二度とこの国に足を踏《ふ》み入れることは許さぬ」

予想外の裁きに驚《おどろ》き、慌《あわ》てて顔を上げた。

死を覚悟してこの場に臨《のぞ》んだというのに、まさか命を助けられるとは。

視線の合った王は申し訳なさそうに、目を閉じる。

姫は正面を見据《みす》えたまま微動《びどう》だにしない。

辺りを見回すと、この場にいるほとんどの人が誘拐事件の真相を知っているのか、その判決に対し異論を口にする人はいない。

それどころか、俺に注がれる視線には同情が込められていた。

「これからはライン・シェイカーを名乗ることも許さぬ。別人となり何処《どこ》へなりと行くがよい」

名まで奪《うば》われるのか。だけど、今回の一件で命があるだけでも僥倖《ぎょうこう》。甘んじて受け入れよう。


まだ多くの人が眠っている早朝に、旅支度を調える。

「こんなものか」

背負い袋《ぶくろ》に荷物を詰《つ》め込み、騎士《きし》として割り当てられた自室から出て行く。

服は姫と逃避行《とうひこう》した時に選んでもらった物を着ている。もう騎士ではないのだから、この格好の方が相応《ふさわ》しい。

城の裏口に立っている見張りに軽く頭を下げると、敬礼された。

外に出てしばらく歩くと、城へ振り返り深々と頭を下げる。

「さーて、これから何処に行って何をしよう」

自由といえば聞こえはいいが、何の目的もない。

「そこに隠れているヤツ出てこいよ。追っ手か？」

進路方向の大木の陰《かげ》に気配を感じる。

姫との秘《ひ》め事が国外に漏《も》れることを懸念《けねん》した大臣辺りが、俺を消そうと考えても不思議じゃない。

「私よ、ライン」

現れたのはフード付きのマントを羽織った、リオノール姫だった。

なんとなく予想はしていたので、驚きはない。

「わざわざ、お見送りですか？」

「一言、謝りたくて。本当にごめんなさい……」

姫にしては珍《めずら》しく消え入るような声。

こんなに意気消沈《いきしょうちん》している姿を見るのは初めてだ。

「何を言っているのですか。こうなるのは分かっていて、私は同行したのですよ。謝る必要はありません。むしろ、自由になって晴れ晴れした気持ちですから」

これは半分本音で半分強がりだ。

「ライン……新たな結婚相手が決まりました。私もそれを受け入れるつもりです」

その告白に衝撃《しょうげき》は……ない。

事前に話を聞いていたからだ。


昨晩、刑《けい》が執行《しっこう》された後、姫専属の執事《しつじ》が自室にやって来た。

今回の一件に関して、姫様が迷惑《めいわく》を掛《か》けたと謝罪した後に、こんな話を切り出した。

「あの日以来、姫様は生まれ変わったかのようにお淑《しと》やかになりました。そんな立ち居振る舞《ま》いを見た他国の王子が一目惚《ひとめぼ》れしたらしく、新たな婚姻《こんいん》の申し出があったようです」

「そう、なのですか」

「姫様はライン様の罪を軽くする条件と引き換《か》えに、この国の姫として婚約を受け入れたようです。今後は姫として恥《は》じない振る舞いをすると宣言もされていましたよ。何処まで頑張《がんば》れるか見物《みもの》ですが」

だから、王の間であんな態度を取っていたのか。

今回の失態を隠《かく》したければ、俺を処刑《しょけい》した方が楽で早いというのに。

王が踏《ふ》み切れなかったのは俺に対する同情と、姫の申し出があったから。これで王としても一安心、といったところなのだろう。


「ライン……。これからどうするの？」

昨晩の話を思い返していると、姫様の俺を気遣《きづか》う声がした。

「まだ考えてませんが、旅をするか……冒険者《ぼうけんしゃ》になるのもありかもしれませんね」

「そうなんだ。冒険者か、うん、いいわね。ラインならきっと活躍《かつやく》できるわよ」

「姫様、私……俺はもうラインじゃないですよ」

「そうだったわね。じゃあ、これからはダストと名乗ってはどう？」

冒険者ギルドで名乗った仮の名。

正直、酷《ひど》い名前だとは思うが今の自分に相応しいとも思える。

「それもいいですね」

「結局、一緒《いっしょ》に冒険できなかったね。それがちょっとだけ、心残りだわ」

「それどころでは、ありませんでしたから」

互《たが》いに顔を見合わせて苦笑《くしょう》する。

色々あったけど、楽しかった。心からそう思える一週間だったな。

「さて、そろそろ行かないと」

このままずっと話していたい。それが本音だけど、これ以上一緒にいたら離《はな》れるのが辛《つら》くなる。

最後に俺は無言で……手を差し伸《の》べた。姫様は俺の手をじっと見つめている。

もしも、姫様がこの手を取って「私も連れて行って」と言ってくれたら、命を懸《か》けて守り抜《ぬ》くと誓《ちか》おう。

もう二度と、この手を放すことはないと。

これは俺の願望だが、姫様もそれを望んでいるのではないか？　と心のどこかで期待している自分がいる。

だけど俺の手は取らずに……困った顔で微笑《ほほえ》む。

その姿を見て、すべてを理解した。

自分の進むべき道を決めたのですね。

俺の下ろした手を見て、リオノール姫が一瞬《いっしゅん》だけ泣きそうな顔になったのを見てしまう。

それを誤魔化《ごまか》すように顔を上げ、まだ朝日が昇《のぼ》っていない星空に視線を移す。

しばらくそうしていたリオノール姫が目元を拭《ぬぐ》うと、もう一度、俺を正面から見つめる。

「これからは姫として、国のために生きると決めたんだから……。うん。ライン、じゃなくてダスト。これを餞別《せんべつ》にあげるわ」

そう言って手渡《てわた》されたのは一本の剣《けん》だった。

「これは？」

「魔法《まほう》剣よ。国宝とかどうとか言ってたけど、気にしないで持って行きなさい」

今までなら即座《そくざ》に断っていたが、涙目《なみだめ》でぐいぐい胸元《むなもと》に押しつけられては受け取るしかないよな。

「ありがとうございます」

素直《すなお》に礼を口にすると、姫《ひめ》はすっと顔を近づけて唇《くちびる》と唇を重ねた。

「あんたは私の騎士なんだから、今後は私か、私以外の本当に守りたい人のため以外には槍《やり》は使わず、その剣で頑張りなさい」

頰《ほお》を赤く染めたリオノール姫が、照れながら俺を睨む。

最後の最後にまた無茶《むちゃ》を言ってくれる。

俺は姫の横を無言で通り過ぎると、歩きながら手にした剣を掲《かか》げる。

「分かったよ、リオノール」

「明日こそはー、冒険者するからねぇー」

顔面を真っ赤にして机に突《つ》っ伏《ぷ》しながら、まだそんな事を言っている。

「約束……だからね……すぅー」

「やっと寝《ね》てくれたか」

騒《さわ》ぐだけ騒いで酔《よ》い潰れた。

前に一緒にいた時は冒険者の真似事《まねごと》が出来なかったからな。リオノール姫はそれが心残りだったのかもしれない。

酔っ払《ぱら》った勢いでリオノール姫の本性《ほんしょう》が出て、リーンに化けているのがバレるんじゃないかとヒヤヒヤしていたが、周りの連中はこっちを気にもしてないようだ。

仲間のキースとテイラーを先に酔い潰《つぶ》しておいて正解だったな。こっちの酒が回る前に処理しようと半ば強引《ごういん》に飲ませた結果、二人は既《すで》に部屋へと戻《もど》っている。

「絶対に……今度こそぉ……」

「ええ、冒険しましょうね」

眠っているリオノール姫に向かって、今だけは昔の話し方で答えた。

第三章

あの約束の冒険を

1

「何してんだあいつら。起きてこねえぞ」

朝からクエストを受けると言っておいたにもかかわらず、テイラーもキースもギルドに来やしねえ。

二人よりも酒を飲んでいたリオノール姫はぴんぴんしているのにな。

留守番しておくように言い聞かせておいたフェイトフォーは、お出かけ用の服に着《き》替《が》えて朝食を黙々《もくもく》と食べている。

行く気満々みたいだな。

「ちぃと、飲ませすぎたか。ちょっくら呼んでくるぜ」

「あー、無駄《むだ》だと思うわよ。二人には盛っておいたから」

そう言いながら小瓶《こびん》を胸元から取り出した。

その小瓶にはラベルが貼《は》られているのだが、濁《にご》った緑色をしている。……その小瓶、見覚えがあるぞ。

「また……やりやがったな」

「何を言っているのか、姫分かんなーい」

過去に俺を昏睡《こんすい》させた睡眠薬《すいみんやく》を二人の酒にも入れたのか。

そうなると昼までは起きない。経験済みだからな。

「何を考えてんだよ。二人がいねえとクエストに行けねえぞ」

「だって、あの二人ってリーンちゃんの事を詳《くわ》しく知っているんでしょ？　クエスト中に正体バレたらヤバいし。それに私とこの子がいたら余裕《よゆう》でしょ」

食事中のフェイトフォーの頭をぽんぽんと軽く叩《たた》きながら余裕の態度。

あー、たぶん勘違《かんちが》いしてるっぽい。

「あのな。こいつがドラゴンの姿に戻れば楽勝だけどよ、そういうわけにもいかねえだろ。万が一にでも正体がバレたら騒動《そうどう》になんぞ」

ホワイトドラゴンは富の象徴《しょうちょう》と言われ、体の一部だけでも高値で取引される代物《しろもの》だ。

そんなのが駆《か》け出し冒険者の街アクセルにいると知られたら、冒険者連中が血眼《ちまなこ》になって探すに決まっている。実際、前に目撃談《もくげきだん》が広まった時、そうなったからな。

「じゃあ、どうするのよ。二人寝ちゃってるわよ！」

腕《うで》を組んでほっぺを膨《ふく》らまして不満顔だ。

自分でやっておいて逆ギレするとは……。

「しゃーねえな。いつものパターンでいくか。ボッチ出番だぞ！」

「人の事をボッチって言うのやめてください！」

大声を張り上げると直《す》ぐさま、離《はな》れた席からツッコミが飛んできた。

声がするまで存在感すらなかったが、やっぱりいやがったか。

振《ふ》り返るとボッチ紅魔族《こうまぞく》こと、ゆんゆんがいた。もちろん独りで。

「暇《ひま》なんだろ、冒険行くぞ」

「なんなんですか、その誘《さそ》い方は。確かに忙《いそが》しいか、忙しくないかで答えるなら、暇してますけど。でも誘い方にも礼儀《れいぎ》ってありますよね？」

面倒臭《めんどくせ》えな、相変わらず。

暇でやる事ないくせに、もったいつけやがる。

「毎回、そのやり取りすんの面倒《めんどう》なんだよ。行くか、行かないか、五秒で答えろ。いーち、にー、さーん」

「ちょっ、ちょっと待ってください！　ごめんなさい、行きます。行きますから、行かせてください！」

涙目で謝るぐらいなら、初めからさっさと決断しろってんだ。

「これで、一人確保だ」

「あんた……女の子に対して、その誘い方はさすがにどうかと思うわ」

何か言っているが聞き流しておこう。

「うっし、じゃあもう一人捕《つか》まえに行くぞ」

俺が席を立つと、食事を終えたフェイトフォーが隣《となり》に並ぶ。残りの二人も後ろから付いてきている。

「ねえ、もう一人って誰《だれ》なの？　ねえってば、ねえ。いいわよ、無視するなら過去の暴露《ばくろ》話を延々と一人で語るから」

「マジで勘弁《かんべん》してくれ。残りはお前さんも会った事がある相手だよ」

「あー、やっぱり。いつものメンバーなんですね」

ゆんゆんは誰を誘うか見当がついたようだ。

リオノール姫は思いつかないようで首を傾《かし》げて唸っている。そのまま考え込んでくれたら静かで楽だから放《ほう》っておこう。

いつもの路地裏に入って、店の前で足を止める。

交渉《こうしょう》するのも面倒なので大きく息を吸う。

「バニルの旦那《だんな》に捨てるように言われた使用済みの欠けているカップどうすっかなー。旦那が使って直ぐの洗ってない代物だけど捨てちまうかー」

「ダメ――――ッ！　捨てるぐらいなら私にください。家宝にしますから！」

店から慌《あわ》てて飛び出してきた、ロリサキュバス。

血走った目で俺を凝視《ぎょうし》するな。怖《こえ》えから。

「昼だから仕事暇だよな？」

「えっ、まあ、そうですけど。それよりも、バニル様のカップは!?」

「うっし、これで揃《そろ》ったな。冒険《ぼうけん》に出発すんぞ」

ロリーサを小脇《こわき》に抱《かか》えて歩き出す。

「あの、ええと、一応仕事中なんですけど。それになんで手荷物感覚で運ばれているんですか？　バニル様の使用済みカップは？」

「今からクエストやりに行くから付いてきてくれ。旦那のカップは成功報酬《ほうしゅう》として後払《あとばら》いでくれてやるから」

「それを早く言ってくださいよ。店長ちょっと出かけてきます！　夜には戻りますから――っ！」

店の入り口に向かって大声で叫《さけ》ぶと扉《とびら》が開く。顔を覗《のぞ》かせた店長のサキュバスが笑顔《えがお》で手を振っている。

融通《ゆうずう》の利《き》く職場で助かるぜ。

「ほとんど拉致《らち》よね……」

「犯罪一歩手前というより犯罪ですよね……」

リオノール姫《ひめ》とゆんゆんが口元に手を当てて、わざとらしくギリギリ聞こえる声量で喋《しゃべ》っている。

「手間を省いただけだ。なんだかんだ言って同行するなら一緒《いっしょ》だろ」

「会話ってその過程を楽しむものなのにね。だからモテないのよ……」

「そうですよね、リーンさん。モテない人ってそういうところがダメですよね……」

好き勝手言いやがるが、無視だ無視。

ゆんゆんだけなら言いくるめるのも簡単だが、リオノール姫は口が達者だから言い返すと倍になって返ってくる。

「童貞《どうてい》でモテない人って実際の経験がないから夢では騙《だま》しやすくて楽なんです。ちょっとプレイ内容を間違えても、本当か嘘《うそ》か分かりませんから。だからバカにしたらダメですよね。安心してください、私は理解者ですからダストさん。ファイトですよ！」

「おい、何が言いてえんだ」

小脇に抱えられているロリーサは、それで俺を励《はげ》ましているつもりなのだろうか？

2

「それで今日受けたクエストってどんなの？」

「私も内容聞いてませんでした。モンスター退治ですか？」

「詳《くわ》しい話も聞かされずに誘拐《ゆうかい》されたので、教えて頂けると助かります」

そういや、クエスト内容を誰にも話してなかったな。

フェイトフォーだけは興味がないらしく、黙《だま》って俺の体を登山中だ。

「定番のジャイアントトード二匹《ひき》と、もう一つはジャイアント・アースウォームだな。ジャイアント繋《つな》がりでまとめてみた」

トードの方は肉を確保して、フェイトフォーの飯になる予定だ。二匹分あったらしばらくは持つだろう。

食費はリオノール姫が払《はら》ってくれる約束だが、今のままだと直ぐに金欠になりそうだからな。

「ねえ、ねえ。ジャイアントトードは知ってるけど、もう一匹のはどんなの？」

「うっ、アレはめぐみんと一緒の時に一度……」

「なぜか、あのモンスターって淫夢《いんむ》の出番が多いんですよ。アレに呑《の》み込まれる姿がたまらんという、こじらせたお客様がいまして」

最後のロリサキュバスの呟きは聞かなかった事にしよう。

「簡単に言えば肉食性のでっかいミミズだ。図体《ずうたい》だけはデカいが体も柔《やわ》らけえし大した敵じゃねえよ。生命力だけはあるからしぶといけどな。あとは丸呑みされないように気を付ければ、余裕余裕」

楽なモンスターだというのになぜか女冒険者からの評判が良くない。

俺達のパーティーも受けようとしたが、リーンが必死になって抵抗《ていこう》するのであきらめた過去がある。

「うわぁ、最悪……」

「私も苦手なんですけど……」

「私は平気ですよ。むしろ、吞まれるシーンを今後の参考に見てみたいです！　男性も女性も吞まれるシーンを勉強したいので、ダストさんもお願いしますね」

「……食べたら美味《おい》ちい？」

批判的なのが二人。好意的なのが一人。よく分かってないのが一人か。

そのよく分かってない幼女は俺の背中に到達《とうたつ》して、器用におんぶ紐《ひも》を俺の体に結びつけている。

モンスター退治をする時の定位置はここだと学んだのか。

「吞まれねえし、肉はあんまりうまくないらしいぞ。まずはちゃっちゃとカエル倒《たお》しに行くか。お嬢様《じょうさま》がそろそろ腹を空《す》かしてそうだしな」

「うんうん」

垂れてくる涎《よだれ》で俺の全身がびちょびちょになる前に、なんとかしねえとな。……既《すで》に右《みぎ》肩《かた》はやられたが。

フェイトフォーは動くともっとお腹《なか》が空くと思って、移動手段を俺に託《たく》しやがったな。

昔と真逆じゃねえか、お利口さんめ。

「あんたもあんたで苦労してそうね」

しっとりしてきた俺を見て距離《きょり》を取ってから、リオノール姫が同情してくれた。

濡《ぬ》れた方の腕を伸《の》ばすと、すっと後退《あとずさ》る。

「同情するなら、背負う役代わってくれ」

「それとこれとは話が別よ。同情ってのは自分はそうなりたくないけどかわいそうって感情なの。つまり、嫌《いや》」

相変わらずハッキリと物を言うお方だ。

他《ほか》の二人は少し離《はな》れているから聞こえねえか。

「姫様はお城では得られない、貴重な体験がしたかったのでは？　ホワイトドラゴン幼女の唾液《だえき》まみれなんて、滅多《めった》に出来ない経験ですよ」

「うっ、確かにそうだけど、それは一生経験しないでもいい類《たぐ》いのものでしょ」

露骨《ろこつ》に顔をしかめて、しっしっと手を振っている。

「あっ、ご飯の匂《にお》いがちゅる」

涎を止めたフェイトフォーの睨《にら》んだ先に巨大《きょだい》なカエルが二匹。

「待望のモンスター退治開始だぜ」

「ふふっ、腕が鳴るわ」

後衛の魔法使《まほうつか》いが、首をコキコキ鳴らして前に出て行くな。

「リーンさん、ここは私に任してください。『ファイアーボー』るううっ!? 何するんですか！」

詠唱《えいしょう》を邪魔《じゃま》したのは、リオノール姫だった。

ゆんゆんの年の割りに立派に膨《ふく》らんだ胸を、後ろから鷲《わし》づかみにしている。

「あら、結構いいもの持ってるわね。ここは私の出番だから、ゆんゆんちゃんはゆっくりしていてね」

「ゆんゆんちゃん？　えっ、あれ？　リーンさんいつもと雰囲気《ふんいき》違いません？」

「素《す》を出すなよ……。あー、ちょっと俺の酒を間違えて飲んじまってな。まだ酔《よ》いが覚めてねえんだよ」

「あっ、酔っ払ってテンションが高いんですね。なーんだ、納得《なっとく》しました」

騙しやすい相手で助かるぜ。

「酔っ払っている風には見えないんですけどね。酒の匂いもしませんし、お店に来る酔っ払っているお客さんとは違《ちが》うような」

ロリサキュバスは接客業をやっているだけあって鋭《するど》いな。

ゆんゆんは大丈夫《だいじょうぶ》だとしても、ロリサキュバスにはバレるのは時間の問題っぽい。いざとなったら、こいつにだけは事情を打ち明けるのもありか。

俺が頭を悩《なや》ませているというのに当の本人は軽い興奮状態で、何も考えてなさそうな顔で無邪気《むじゃき》にはしゃいでいやがる。

「じゃあ、一発かましますか。生き物に向けて一度ぶっ放してみたかったのよ。『ファイアーボール』」

物騒《ぶっそう》な事を口にして魔法を放つ、リオノール姫。

異様なでかさの火の玉が現れる。

「えっ、えっ!? なんですか、この大きさ！」

ゆんゆんが驚《おどろ》きのあまり唖然《あぜん》としている。

「ま、待て！ それはやり過ぎ」

俺が止める間もなく火の玉が発射された。

それはジャイアントトードをかすめると、そのまま後方の小山に着弾《ちゃくだん》した。

すると凄《すさ》まじい轟音《ごうおん》と熱風が正面から吹《ふ》き付け、俺達の全身が余熱で炙《あぶ》られる。

「熱っ！ うお、あっちいいいい!!」

「ぎゃあああああっ！ 顔が、顔がっ！」

「焼けちゃいます！ こんがり焼けちゃいます！」

あまりの熱さに地面をのたうち回っていると、ドンッと鈍《にぶ》い音が正面から聞こえた。

ゆっくりと顔を上げて音源を確認《かくにん》すると、俯《うつぶ》せに倒れたジャイアントトードの背中が真っ黒に焦《こ》げていた。

あー、そうか。こいつが熱風を遮ってくれていたから、俺達はこの程度で済んだのか。

感謝の気持ちを込めて手を合わせておく。

「あ、あれー。もしかして、やり過ぎちゃった？」

やらかした事を理解したのか、リオノール姫が気まずそうに頭を掻《か》いている。

「リーンさん、どうしたんですか！　今日は絶好調じゃないですか。いつもより威力《いりょく》が増してますよ！　紅魔族《こうまぞく》も驚きの一撃《いちげき》じゃないですか！」

「先輩《せんぱい》すごいですー！」

「えへへ、それ程《ほど》でもあるかしら」

褒《ほ》められて調子に乗ってるな。

頭を掻いて顔は照れているようには見えるが、胸を反らして自慢気《じまんげ》だ。

「おい、油断すんな。もう一匹残って……あっ」

調子に乗っていたリオノール姫が、残った一匹に頭からパックリいかれやがった。

そのまま持ち上げられて、巨大なカエルの口から足だけが見えている。

「ふごおおおっ、ふぐおおおっ！」

何か叫んでいるがカエルの体が邪魔をして聞こえない。

「俺もジャイアントトードに食われた事があるんだけどよ、ちょい臭《くさ》いけど温かいだろ。初体験の感想はどうだー！」

懸命《けんめい》に暴れている足を眺《なが》めながら感想を訊いてみた。

「ふごおるごばがべげえええ！」

「何言ってるか分かんねえよ」

「からかってないで助けないと！　『ライト・オブ・セイバー』っ！」

いつもの光の剣《けん》がジャイアントトードの体を分断した。

解放されたリオノール姫《ひめ》の体が唾液でぬめっている。

「うええっ、最悪。どろどろのぬちょぬちょじゃないの。ダスト、体を拭《ふ》く物をちょうだい」

「汚《きたね》えから寄らないでくれ、しっしっ」

さっきの仕返しとばかりに、あっちへ行けと手を振《ふ》る。

「ほほう、いい性格してるじゃない。仕方ないわね、今日だけは濡れ濡れ美女とハグをする権利を与《あた》えてあげるわ」

「おい、バカやめろ！　ただでさえ、こいつの涎まみれなのに、カエルの唾液まで混ぜるんじゃねえよ！」

と振り返ると……俺を濡らしていたフェイトフォーはとっくに背中から下りていて、一心不乱に背中が黒焦《くろこ》げのジャイアントトードに齧《かじ》り付いてやがる。

「男女二人でヌルヌルになりましょう」

「へっ、それぐらいでビビると思うなよ。やれるものならやってみやがれ！」

唾液をしたたらせながら笑顔《えがお》で駆《か》け寄ってくる、リオノール姫。

両腕《りょううで》を広げて受け止める体勢の俺。

「あの二人、何をちているの？」

「見ちゃダメよ、フェイトフォーちゃん」

「粘液《ねんえき》プレイ……。これはありなのでは！」

何か言っている連中に構っている場面じゃねえ。

ギリギリで避《よ》けて恥《はじ》を掻かせてやるつもりだ。カエルの唾液は生臭《なまぐせ》えから、一人でまみれていてくれ。

もう一歩踏《ふ》み出せば届く距離で俺は左に飛ぶ。

「へっ、一人ですっ転んで……なにっ⁉」

「ヌルヌルで抱《だ》きつきなんてご褒美《ほうび》あげるわけないで……えっ⁉」

リオノール姫が直前で俺の避けた方に進路変更《へんこう》しやがった。

お互《たが》いに避けた方向が同じだという事は……正面からぶつかって地面に転がる。

「ぐおおおっ、頭打った！　生臭えっ！　マジで臭えし、ヌルヌルする！」

「なんで避けるのよ！　こうなったら一緒《いっしょ》にぬちゃぬちゃになりましょう！　ほれほれほれほれ」

「胸の感触《かんしょく》より悪臭《あくしゅう》が勝《まさ》りやがる！　どけって。ああくそ、ヌルヌルして掴《つか》めねえ」

「ちょっと、変なところ触《さわ》らないでよ！」

暴れるリオノール姫を捕《つか》まえようとするが、滑《ぬめ》りけが邪魔をしてどうしようもない。

「だちゅと、ふぇいとふぉーもまぢゃるー」

俺達が遊んでいるように見えたのか、フェイトフォーが飛び込んできた。

じゃれるように暴れるから立ち上がる事も出来ずに、事態が悪化の一途《いっと》をたどる。

「ねちょねちょだけど、ちょっとだけ楽しそう」

「ゆんゆん先輩も交ざってきたらどうですか？　今なら違和感《いわかん》なく溶《と》け込めますよ！　参考は多い方がいいですから」

「えっと、一度めぐみんにやられた事があるけど……もうジャイアントトードの唾液でヌメヌメするのは嫌かな。三人同時に洗い流しますよ。『クリエイト・ウォーター』」

頭から大量の水を被《かぶ》り、なんとか粘液が落ちてくれた。

リオノール姫とフェイトフォーも洗い流されたようだ。

「ダストのせいで酷《ひど》い目に遭《あ》ったわ」

「それは俺の台詞《せりふ》なんだけどな！　訴《うつた》えたら確実に俺が勝つぞ！」

魔法で着火したたき火を、びしょ濡れの俺達三人が囲んでいる。

乾《かわ》くまでついでに休憩《きゆうけい》しようと、残りの二人も座って軽食を食べている。フェイトフォーは倒《たお》したもう一体のジャイアントトードを焼いてもらいご満悦《まんえつ》だ。

「これでクエスト一つ達成ね。貴重な体験をしたから、次は独り占めやめとく。やっぱり冒険者《ぼうけんしや》はパーティーで協力して戦うのが醍醐味《だいごみ》よね！」

「そうしてくれ」

ジャイアントトードぐらいなら無謀《むぼう》な真似《まね》をされてもフォローは可能だが、強敵となると命に関《かか》わる。

これでも一応は国の重要人物の一人だから、大怪我《おおけが》でもされたら国際問題になりかねない。

万が一にもそうなったら、宴会《えんかい》プリーストにヒールを頼もう。魔法の腕だけは確かだから、傷一つ残らないだろう。

「残りのジャイアントウォームだっけ、あれってどこら辺にいるの？」

「基本的には土の中ならどこにだっているみたいだが、腐葉土《ふようど》の多い……ここみたいな場所を好むらしいぞ」

「へえ、まあ、いくらなんでもこの場所にいきなり現れたりしないでしょ」

「だよなー。へーいっくしょん！　くそっ、風邪《かぜ》引いちま……のおおおおっ！」

目の前にあったはずのたき火が一瞬《いっしゅん》にして遠ざかる。

違う、俺の体が上に持ち上げられているのか⁉

下を見ると、ピンク色のデカい何かが俺の腰《こし》から下を呑《の》み込もうとしている。

ジャイアントウォームがよりにもよって、真下の地面から現れやがった！

「きゃあああっ‼　長くてピンク色でうねうねしてるううっ！　キモい、キモ過ぎるううううぅぅ！」

「おいちちょうくない」

怯《おび》えた顔で遠ざかるリオノール姫と、その場から一歩も動かずにしかめ面《つら》をしているフエイトフォー。

「感想はいいから、どうにかしてくれ！」

「うわっ、ダストさんがいただかれてる！　モンスターって悪食《あくじき》なんですね」

「これがジャイアントウォームの丸呑みですか。なるほど、確かにちょっとエロスを感じます。性的にくるものがありますね。勉強になります」

「感心もいいから、助けろっての！」

駆け寄ってきた、ゆんゆんとロリサキュバスも呑気《のんき》に眺《なが》めているだけだ。

自力でなんとかしようとしたが、腰から下が口の中にあるから剣を抜《ぬ》く事すら出来ない。

「ダストさーん！　中ってどんな感じですかー？　詳《くわ》しく実況《じっきょう》してもらえたら今後にいかせると思うのですがー」

「知るか！　ヌルッとして生暖けえよ！　こういうのはお前らの出番だろ。男がやっても需要《じゅよう》ねえってのによ！」

「「うわぁー、最低」」

リオノール姫とゆんゆんの声がハモり、ドン引きの冷めた視線が俺を射貫《いぬ》く。

「安心してください、ダストさん！　そっち方面の需要も心当たりありますから！」

「どこに安心する要素があるんだよ！」

そんなバカなやり取りをしている間に、体が徐々《じょじょ》に沈《しず》んでいく。

腰辺りにあった口が今は肩《かた》にまで届いている。

冗談《じょうだん》抜きで、そろそろマジでヤバいぞ。

「とっとと助けてくれ！　助けてくれたヤツ先着一名様に、俺様の秘蔵アイテムくれてやるから！」

「ちなみに秘蔵アイテムって何？」

リオノール姫は少しだけ興味があるのか話に乗ってきた。

「前に旦那《だんな》と共同開発した、バニル印の手作りダイエット饅頭《まんじゆう》だ！」

それを聞いた女共の目つきが変わった。

「それってもしかして、貴族の間でも話題になっている、妙《みよう》な仮面の焼き印が捺《お》された饅頭の事なの⁉」

「えっ、品切れだったのに追加生産したんですか⁉」

「バニル様の手作り！」

フェイトフォーを除いた三人が色めき立っている。

リオノール姫も知っていたのは予想外だったが、アイリスの従者をしていたクレアとレインから貴族連中にも情報が広まったのかもしんねえな。

この饅頭は以前、旦那の依頼《いらい》で安楽少女の実を回収して、そこから成分を抽出《ちゆうしゆつ》して作った大ヒット商品だったが、あまりの売れ行きに即《そく》完売となった代物《しろもの》だ。

バニルの旦那は直《す》ぐに増産態勢に入りたかったそうだが、元となる安楽少女の実が簡単に手に入る物じゃないので、今は販売《はんばい》中止状態だったりする。

でまあ、そんな貴重な代物が俺の手元に残っているわけがねえよな。

見た目はあの饅頭にそっくりだけど、中身は土産物《みやげもの》屋に置いてあるようなありきたりな饅頭は確保してある。

……俺が真似て作らせた偽物《にせもの》だが。

「速攻《そっこう》で助けるわよ。『フリーズガスト』‼」

「アレがあれば譲《ゆず》って欲しい人が続出して、人気者としてちやほやされますよね。『ライト・オブ・セイバー』っ‼」

「バニル様の手作りっ！『パラライズ』」

目を血走らせた三人の一斉射撃《いっせいしゃげき》でジャイアントウォームが一瞬で倒された。

……饅頭が偽物とバレた後が怖《こわ》い。

饅頭を渡《わた》したらしばらく姿を隠《かく》すか。

「で、饅頭はどこなの⁉」

「早くください、約束ですよね！」

「バニル様が手作りしたという事は、体の一部みたいなものです！」

全員が同じ物を求めているのに、全員の目的が違《ちが》うんだよな。

「街に戻《もど》ったら渡《わた》すっての。今はクエスト中だぞ、持っているわけねえだろ」

「なーんだ、助けるの焦《あせ》る必要なかったわね」

露骨《ろこつ》にガッカリしている面々とは違い、フェイトフォーだけはとことこと俺に歩み寄ってきて、じっと俺を見つめている。

心配してくれているのか。やっぱり、持つべきものは相棒だよな。

「ミミズ食べていい？」

「……やめとけ」

誰《だれ》も俺の心配をしていない事実に、ちょっとだけ泣きそうになった。

3

「ねえ、もう帰るの？　まだ日も明るいのにぃ」

二度目の唾液《だえき》洗いが終わってアクセルの街に帰る途中《とちゅう》なんだが、ご不満なリオノール姫《ひめ》が駄々《だだ》をこねている。

「フォーちゃんも、遊び足りないよね」

「お腹《なか》いっぱいで眠《ねむ》いでちゅ……」

同意を求められたが声が眠たげだ。

定位置の俺の背中に居座って、このまま熟睡《じゅくすい》するつもりらしい。

「だとよ。わがまま言ってねえで帰るぞ。また明日行けばいいじゃねえか。……それに、冒険者をするって約束も果たしただろ」

「あの時の約束を覚えていてくれたんだ。ふーん」

ニヤニヤしてこっち見んな。

「でもさ、もうちょっと冒険者やりたかったかな。だって、リーンちゃんの正体がバレて、いつ連れ戻されるか分かんないし。顔はそっくりでも立ち振る舞《ふま》いとか無理があるでしょ？」

この状況《じょうきょう》を普通《ふつう》に受け入れていたが、そういやリーンは向こうで強制的に姫様ごっこさせられているのか。

王家の礼儀《れいぎ》作法とか……知らねえよな。

「とっくの昔にバレてそうだよな。もう既《すで》に追っ手が迫《せま》ってんじゃねえか？」

「うっ、そうよね。近くに隠れてたりしないでしょうね」

疑心暗鬼《ぎしんあんき》になって辺りを警戒《けいかい》している。

フェイトフォーも真似をしてきょろきょろし始めた。

「だちゅと、周りに誰かいるよ。あの木のうちろぐらい」

すっと指さす方へ視線だけ向ける。

注意深く観察していると、地面に落ちた木の影に別の影《かげ》が重なっていた。

「さすが手際《てぎわ》がいいな、あの髭執事《ひげしつじ》は。おい、そこのあんた隠れているのは分かってんだ、出てこい」

「い、いるの⁉」

慌《あわ》てて俺の背後に隠れるリオノール姫。

今更《いまさら》隠れたところで時既《すで》に遅《おそ》しだよな。

「ほう、あたいの気配に気づくとはやるじゃないか」

木陰《こかげ》から現れたのは真っ赤なイブニングドレスを着た、長い赤髪《あかがみ》の女だった。

前髪で片目が隠れていて、胸元《むなもと》が大きく開け放たれているのが抜群《ばつぐん》に色っぽい。胸部の大きさも受付のルナに匹敵《ひってき》するんじゃねえか。

「何、あの場違いな服。街中でも浮《う》きそうなファッションセンスなのに、こんな人気《ひとけ》のない屋外で着る？」

「冒険者、じゃないですよね。もしかして日頃《ひごろ》は恥《は》ずかしくて着られないから、人気のない場所でこっそり楽しんでいるだけとか？」

「もしかして同業者でしょうか。こんな場所で客引きなんて熱心ですね」

女性陣《じょせいじん》が違和感《いわかん》しかない女の服装について、好き勝手にあれやこれやと意見を交《か》わしている。

それが聞こえたのか、ドレス姿の女の顔が赤く染まっていく。

「あんたら、あたいを舐《な》めてんのかっ⁉　恥《は》ずかしがり屋でも商売女でもねえよ。特にこの女、あたいの服装のセンスがなんだって⁉」

唾をまき散らしながら怒鳴《どな》る度《たび》に、豊かな胸がこぼれ落ちそうになるぐらい揺《ゆ》れるので、露出度《ろしゅつど》の高い服装は俺としては全然ありだ。

むしろ、もっと激しく怒《おこ》っていいぞ。

もうちょいで先端《せんたん》が見えそうだ、頑張れ！　もうちょい、もうちょいだから！

「ねえ、それ以上暴れるとこのスケベ面が喜ぶだけよ」

リオノール姫が余計な事を言いやがった。

「なっ、何見てんだよ、てめえ！」

胸の谷間を慌てて隠《かく》して、俺を睨《にら》んでくる。

「何って胸に決まってんだろうが！　乳を放《ほう》り出すような服を着ておいて見るんじゃねえだとお？　ふざけんなよ。だったら大人しい服装にしやがれってんだ！　自分で乳が見えそうな格好しておいて、ちょっと見たらエロだの痴漢《ちかん》だの勝手な事をぬかすんじゃねえ！」

「……そこまでは言ってねえんだが」

たまにこういう輩《やから》がいるんだよな。困ったもんだぜ。

「ちょっとって、あんたガン見してたでしょ……」

「鼻息も荒《あら》かったですから、痴漢呼ばわりされてもしょうがないですよ……」

「うちの店にいる時と同じ顔してましたよ」

「だちゅと、ちゅけべ」

くそっ、味方が誰もいやがらねえ！

「いや、待てよお前ら！　あんなエロい服を着ておいて見るなはおかしいだろ？　あいつだって男に見られたいから、エロい服着て誘《さそ》ってるに決まってる！」

俺が熱く語れば語るほどに女共が後退っていく。

なんでだよ、俺は正論を言ってるだけだろ。

「ダスト、それは違うわ。確かに男の目を意識して服を選ぶ事もあるけど、男なら誰にでも見られたいんじゃなくて、自分の好きな相手にだけ見て欲しいのよ。あの人だって意中の人の気を引きたいから、恥ずかしげもなく派手でエロいオシャレをしているだけかもしれないでしょ」

俺の方にそっと手を置いて優しく語るリオノール姫。

二人同時に赤ドレスの姉ちゃんの方に向くと、困り顔をしていた。

「こういう服が好きなだけなんだが……。そんなにも変か？　格好良《かっこい》いよな、いけてるよな……」

あっ、自分の服を見つめてちょっと落ち込んでやがる。

「さっきはごめんね。ちょっと言い過ぎたわ。自分が好きな服を着るのが一番よね！　痴女みたいなセンスだって関係ないわ！」

「そうですよ！　紅魔族《こうまぞく》なんてみんな独特なセンスしてますけど、誰も照れてませんし堂々としていますから！　自信を持ってください！」

「露出度高いのって変なんですか？」

「布ちゅくない方が動きやちゅいよ」

話が全然進まねえな。

赤い姉ちゃんの服装談義に花が咲《さ》いてばっかで、結局誰なのかも分からねえぞ。

肝心《かんじん》の姉ちゃんは、あいつらがボロクソに言うからいじけて、地面をぐりぐりしてんな。

「でだ、お前さん何者なんだ？」

「赤がダメなのか、それともこのドレスが……。へっ、あっそうか。まだ名乗ってなかったな。あたいはペリエ。そこの女に用事がある」

あっさり立ち直ると胸を張って名乗る。

たわわに実った二つの果実が揺れるのは眼福だな。ちらっとロリサキュバスの胸に視線を落としてみたが雲泥《うんでい》の差だ。

「なんですか、何が言いたいんですか。言いたい事があるならハッキリと言ったらどうですか。我慢《がまん》は健康に悪いですよ？」

半眼で睨んでくるロリサキュバスの肩《かた》に優しく手を添《そ》える。

「胸ちっこいな」

「むきいいいいい！　本当に言う人がどこにいるんですか！　優《やさ》しさとか忖度《そんたく》って知ってます⁉」

「お前が言えって言ったから素直《すなお》に言ったんだろうが‼　逆ギレか⁉」

「これは正当なキレ方です！」

両腕《りょううで》を振り回して殴《なぐ》ろうとしてきたから、頭を手で押さえておく。

空振《からぶ》りした腕が風車のようにぐるぐると回っていて結構涼《すず》しい。

「なあ、あたいの話を無視するのやめてくんねえか……」

なんでか疲《つか》れ切った表情のペリエがいる。

さっきから話が脱線《だっせん》して本筋に戻れてない。

「悪い悪い。で、何者なんだっけ？」

と訊いてはみるが、十中八九リオノール姫《ひめ》を捕《つか》まえに来た王国の連中だろ。

あの派手な格好も素《す》性《じょう》がバレないように、あえて奇抜《きばつ》な服を着たに違《ちが》いない。

「ふっ、悪いが素性は明かせないね。ただ、さっきも言ったがそこの女に用があるんだよ。大人しくついてくるなら危害は加えないよ」

どうやら気を取り直したようだな。

髪を掻《か》き上げて大きな胸を張っている。

「……ダスト、どう考えてもお父様か執事の放った追っ手よね」

「……だろうな。あの派手なドレスも変装の一環《いっかん》だと俺は睨んでいるぜ」

俺達が声を潜《ひそ》めて会話をしていると、前に大きく一歩踏《ふ》み出したヤツがいた。

「何が目的かは知りませんが、リーンさんを連れて行かせませんよ！」

ビシッと指を突きつけ格好良い発言をしたのは、ゆんゆんか。

頬《ほお》が若干《じゃっかん》ニヤついているのは、こういう目立つシーンが大好きな紅魔族の血が騒《さわ》いでいるからかもしれないな。

ゆんゆんは紅魔族にしてはまともな神経をしているから、日頃《ひごろ》は紅魔族のノリを嫌《いや》がっている素振《そぶ》りはしていたが……血は争えないのか。

「ほう、お友達をかばうなんて殊勝《しゅしょう》な心がけだねえ」

「お、お友達なんて。ま、まだ友達未満ですしぃ」

なんでそこで照れるんだよ。

「……ゆんゆんちゃんとリーンちゃんって友達じゃないの？」

「なんつうか、友達未満って関係か？」

ゆんゆんはボッチをこじらせて積極的に友達作りが出来ないし、リーンは友達関係になるとパーティーメンバーの俺やキースの悪影響《あくえいきょう》を受けないか心配して、少し距離《きょり》を置いて気を遣《つか》ってんだよな。

自分から質問をしておいて、リオノール姫はロリサキュバスと何やら相談している。

「まあ、止めたければ力尽《ちからず》くで止めるんだね。このペリエ様を相手に――」

「『パラライズ』」

相手が話をしている最中に、リオノール姫とロリサキュバスが同時に魔法《まほう》を放った。

「なっ、あがががが」

油断していたところに魔法を重複されて、ペリエが地面に倒れた。

あの格好でぴくぴく痙攣《けいれん》してると、何かエロいな。

「ふう、これにて一件落着ね」

「相変わらず、小狡《こずる》い真似《まね》しやがる」

「何言ってんの。勝負事ってのは油断した方が負けなのよ。それに余計な事を喋られる前に口を封《ふう》じておかないと」

不意打ちで倒《たお》したくせに自慢気《じまんげ》だ。

「えっと、いいんですか？」

出番を奪《うば》われて寂《さび》しげなゆんゆんが、ペリエと俺達を交互《こうご》に見て動揺《どうよう》している。

「いいんだよ。喧嘩《けんか》売ってきたのはそっちだからな。それに麻痺《まひ》させただけだ。無傷で倒《たお》すなんて優《やさ》しいぐらいだろ。だが……このままじゃ反省するか怪《あや》しいから、動けない間に二度と刃向《はむ》かわないように脅《おど》すか」

「女性なんだから暴力はダメよ」

「わーってるって」

動けないのに忌々《いまいま》しげにこっちを見るペリエの前でしゃがみ込む。

深いスリットの入ったドレスが倒れた拍子《ひょうし》にめくれて、もうちょいで下着が見えそうで見えない。

近くに落ちていた木の枝を拾って、そのスリット部分をゆっくりとめくっていく。

「ほーらほーら。もう少しで見えちまうぞ。抵抗《ていこう》してもいいんだぜ？　抵抗しないのは同意と判断していいんだな」

もうちょいで下着の色が判別できそうだ。

「おっ、その睨《にら》み付ける涙目《なみだめ》がそそるじゃねえか。ほーらもう少し、痛《いて》えええええええっ！　何すんだよ！」

頭に衝撃《しょうげき》が走ったので振《ふ》り返ると、拳《こぶし》を握りしめたリオノール姫がいた。

「それは犯罪」

「クズなのは知ってましたけど、また警察のお世話になりますよ」

「無抵抗《むていこう》の相手を責める手口ですか。ダクネスさんみたいな性癖《せいへき》の人は受け手側として好きそうですね。メモメモ」

「えっち」

一人を除いて非難してくる。

こういうのはもう二度と刃向かう気にならないようにするのが、正しい世渡《よわた》り術なんだがな。

「いいじゃねえか。俺はパンツが見られて幸せ。こいつはパンツ見られただけで済んで幸せ。誰《だれ》も損しねえぞ」

「ペリエさんだっけ、この人だけ損しているじゃない。エロいチンピラにパンツ見られるなんて拷問《ごうもん》の一種よ」

「そうですよ！　女性の下着は好きな人にだけ見せていいんです！」

ゆんゆんがここぞとばかりに俺を責める。

日頃は口で言い負かされるからって便乗しやがって。

「あのー、早く立ち去らないと麻痺解けちゃいますよ？」

「おっ、そうだな。モンスターも近くにいねえようだし、放置していくか」

「そうね。でも、念のために『パラライズ』行きましょうか」

リオノール姫がダメ押しの魔法を掛《か》けてから、俺達はアクセルの街に戻《もど》る事にした。

4

ゆんゆんとロリサキュバスと別れてギルドに戻り依頼《いらい》料を受け取った。

今は酒場の片隅《かたすみ》で飯を食っている。

フェイトフォーはカエル二匹《ひき》を食べたばかりなので、さすがに腹が減ってないらしくストローでジュースを飲んでいる。

「もう追っ手が来ちゃったわね、どうしよっか」

「あきらめて戻ったらいいんじゃねえか。そもそも、身代わりに無理があったんだと思うぜ。見た目はそっくりだけど、リーンは姫の真似をする義理はねえからな」

「うーん、気心の知れたメイドの一人に手紙を渡《わた》すように伝えたんだけどなー。少しの間だけでいいから私の振りを続けてくれたら、ちゃんと報酬《ほうしゅう》渡すって」

一応は対策を考えていたのか。となるとリーンにもメリットはあるのか。

「んじゃ、単純にバレたんじゃねえか。姫様と違って芝居《しばい》がうまいわけでもねえし」

「やっぱり、そうなのかな。メイドにフォローも頼《たの》んでおいたのに」

ペリエとかいう赤い女は退けたが、王からの命令ならまたやってくるだろう。

姫の脱走《だっそう》は騒《さわ》ぎにはしたくないだろうから、大人数で来る事はないとは思うが警戒《けいかい》しておくか。

「リーンは今どうしてんのかね。捕まったりしてねえよな?」

「それは安心して。正体がバレたら罪に問わないように手回しはしているから。たぶん、爺《じい》やに謝られるんじゃないの?」

あの人は姫に対して厳しく有能な人だったから、理由が分かれば納得《なっとく》してくれるはずだ。

むしろ、お客様扱《あつか》いされて贅沢《ぜいたく》なもてなしを受けている最中かもしれない。

5

「なんで誰も信じないのよ！」

あたしは人生で一度も踏《ふ》み入れた事のない、豪華《ごうか》すぎる調度品が置かれた部屋に閉じ込められている。

「あの髭《ひげ》は人の言う事を全部『芝居の出来がいまいちですな』で片付けるし！」

苛立《いらだ》ち紛れに、天蓋《てんがい》の付いたベッドの上に置かれていた枕《まくら》を投げようとして……やめた。

もし部屋の調度品に当たって何かが壊《こわ》れたら払《はら》える自信がない。

掲げた枕をベッドに戻して、俯《うつぶ》せに寝《ね》そべりながら顔を埋《うず》める。

「姫様……か。あたしが姫だなんて笑わせるわね」

ベッドの近くに置いてあった額入りの写真を手に取ると、そこには煌《きら》びやかなドレスを着た一人の女性がいた。

「確かにあたしにそっくりよね。怖《こわ》いぐらい」

見比べても自分ではないかと錯覚《さっかく》してしまうぐらい似ている。

髪色《かみいろ》ともう一カ所を除けば。

すっと視線を胸元《むなもと》に落とすと膨らみが明らかに違う。

「生の胸を見せつけて本物との違いをアピールするのは……最終手段にしよう。うんうん」

羞恥心《しゅうちしん》とプライドが最後の一歩を踏み止《とど》まらせてくれた。

「それが賢明《けんめい》かと思います」

「誰っ⁉」

あたし以外は誰もいないはずの部屋に響《ひび》く女性の声。

慌《あわ》てて室内を見回すと、さっきまで誰もいなかったベッド脇《わき》に、メイド服姿の女性が一人いる。

「いつのまに……」

「逃走《とうそう》に長《た》けた姫様を捕まえるために雇《やと》われた元盗賊《とうぞく》ですから。《潜伏《せんぷく》》《罠《わな》感知》《聞き耳》スキルも使えますよ。あと鞭《むち》も得意ですので、捕縛《ほばく》の際に役立ってくれましたわ」

ここの姫様って何者なんだろう……。

「えっと、いつからいたの」

「初めからずっといました」

「さっきのも全部聞かれていたのね。恥《は》ずかしいけど、まあいいわ。聞いていたなら分かるでしょ。あたしは別人で巻き込まれただけなの！」

あの独り言が芝居だとは思わないはず。

これで誤解だと理解してくれたら解放されるはず。

「はい、別人なのは知ってますよ」

「……ん？　知ってた？」

「リオノール姫《ひめ》から今回の計画の説明は受けていましたので。ちなみに私は姫様の専属メイドでもあり、協力者でもあります」

「計画？　協力者？　なんか胡散臭《うさんくさ》くなってきたんだけど……。もしかして、これって偶《ぐう》然《ぜん》巻き込まれたんじゃないの……。ええと、分からない事だらけだから質問していい？」

「なんなりと」

あっ、いいんだ。てっきり、何も明かせないという展開が待っているのかと。

「一つ目の疑問なんだけど『姫様を捕《つか》まえるために雇われた』って言ってなかった？」

「当初はそうだったのですが、大金を積まれて買収されました。なので今は二重で給料をいただけてウハウハです」

表情を一切《いっさい》変えずに言い切ったわね……。

他人事《ひとごと》だけど、それってバレたら大問題にならないのかな。

「それで計画って何？」

「姫様は前々から自由な暮らしに憧《あこが》れていたのですよ。そんな姫様がとある情報を手に入れたのです。アクセルの街に自分にそっくりな外見をした冒険者《ぼうけんしゃ》がいると」

「それがあたしなのね」

「その通りでございます。そのそっくりさんを巻き込み利用……お手伝い願って自由を手に入れようという作戦でした」

この人って無表情で頭が良さそうに見えるのに、さっきから本音を漏《も》らしまくるわね。

目の前のメイドの話を信じるなら、現状は偶然ではなくてリオノール姫の手の内って事になるのかな。

「詳《くわ》しい内容はこれをお読みください。リオノール姫が残された手紙です」

差し出された紙を受け取ると、驚《おどろ》くほど達筆だった。

本物の姫様だけあって、教養として字の書き方も幼い頃から叩《たた》き込まれてたのかも。

自由もなく厳しい教育を受けて育った姿を想像すると、巻き込まれた現状も少しだけ許してあげてもいい気になった。

「どんな言い訳が書いてあるのか見ものね」

『リーン様へ。このような事に巻き込んでしまい、誠《まこと》に申し訳ありません。……って謝ったから許してね！　それに悪い事ばかりじゃないでしょ。下々の人って王族の暮らしに憧れるのよね？　贅沢し放題だし、ワガママも言いたい放題……は無理かも。最近みんな言う事聞いてくれないのよ。ちょーっと脱走したり、国宝の品をくすめて売り捌《さば》いたり、国家機密を酒場で暴露《ばくろ》したぐらいなのにね。酷《ひど》いと思わない？』


そこまで読み進んでから、一度天井《てんじょう》を見上げる。

ちゃんと天井からぶら下がっているシャンデリアが見えるわね。どうやら目は正常みたい。


「ねえ、リオノール姫ってどういう人なの？」

「破天荒《はてんこう》、ワガママ、ずる賢《がしこ》いを足して二を掛《か》けたようなお方ですね」

「割らないで掛けるんだ……」

手紙とメイドからの話で大体の性格は摑《つか》めたと思う。

気を取り直して続きを読もう。

『――って、愚痴《ぐち》なんて聞いても楽しくないよね。少し真面目《まじめ》な話をすると、一度冒険者として自由に暮らしてみたかったの。ほんの数日でもいいから、何にも縛《しば》られない生活をしてみたい。それに……果たせなかった約束があるから』

約束？　その言葉になぜか引っかかる。

会った事もない相手だというのに。

『もちろん、迷惑料《めいわく》は支払《しはら》うわよ。数年は遊んで暮らせるぐらいは渡すから。だから、悪いんだけどしばらく、リオノール姫として振《ふ》る舞《ま》って欲しいの。それだけじゃ、報酬としては弱いかもしれないわね。あっそうだ、もしバレずに数日頑張ってくれたら、昔のダスト、の話をするっていうのはどう？』

思わずその箇所《かしょ》を二度見した。

……昔のダスト？

「えっ、どういう事なの。リオノール姫とダストは知り合い？」

流し読み気味だったけど、ここから先は一字一句見逃《みのが》しちゃダメね。

姿勢を正して手紙を凝視《ぎょうし》する。

『今、食いついたでしょ。ダストとの関係について知りたかったら……分かっているわよね？　といっても、その情報が嘘《うそ》かどうか怪《あや》しまれても困るから手紙を読み終わったら、メイドにある物をもらってね。そうそう、それでも断りたいなら、それはそれで構わないから。直《す》ぐに解放してもらえるように手はずは整えているわよ。長々と書いたけど、あなた様が最良の決断をする事を祈《いの》っています』


と締《し》めくくられていた。

色々と言いたい事はあるけど、まずはそれを確認《かくにん》してからにしよう。

「メイドさん。姫様からの預かり物って？」

「こちらになります」

手渡《てわた》されたのは一枚の写真。

そこにはホワイトドラゴンと満面の笑《え》みのリオノール姫。

そして、目を細めて彼女を見つめる、爽《さわ》やかな笑みを浮《う》かべるダストがいた。

「誰《だれ》これ!?　気持ち悪いんだけど！」

背筋がぞわっとした！

何、この、人畜無害《じんちくむがい》を絵に描《か》いたような好青年は。こんな表情をするダストなんて一度も見た事がない。

今よりも若いわね。真ん中のホワイトドラゴンはフェイトフォーちゃんよね。それで、こっちの幸せそうに笑っているのがリオノール姫。

そんな姫を見ているのが、ダストか。

……あたしの知らないダストを見ていると、なんでか胸がムカムカする。

「ねえ、つまりダストは昔、リオノール姫に仕えていたの？」

「詳しい話は姫から直接お聞きください」

事情を知りたかったら、大人しく姫の真似事《まねごと》をしろって話ね。

「面白《おもしろ》いじゃない。前々から情報を小出しにされてイラついてたのよ。あんなヤツの事なんてどうでもいいけど、隠《かく》し事とか嫌《きら》いなのよね。よーっし、姫様を演じきって根掘《ねほ》り葉掘り訊いてやるんだから！」

本当にダストの過去なんてどうでもいいけど、隠されると暴《あば》きたくなるのよ。

本当に、本当に、ダストの昔話なんてどうでもいいんだけどね!!

拳《こぶし》を握りしめ気合いを入れていると、パチパチと乾《かわ》いた拍手《はくしゅ》が聞こえた。

「やる気になられたのですね。これは僥倖《ぎょうこう》です。では、半日の内に最低限の礼儀《れいぎ》作法を覚えて頂けますね」

そう言ってベッドの上に一枚の用紙が置かれる。

ざっと目を通すと、どうやらスケジュール表らしい。

「ねえ、食事と睡眠《すいみん》時間以外、びっちりと予定が詰《つ》まっているように見えるんだけど」

「はい。今日の晩には貴族とのお食事会がありますので、それまでにマナーと言葉遣《ことばづか》いを覚えてもらいます」

「リオノール姫って破天荒なんでしょ。礼儀作法なんて守ってなかったんじゃ……」

「それがタチの悪い事に、他人の前では優等生ぶるんですよ、あのお方。なので本性《ほんしょう》を知らない方々にはすこぶる評判が良くて」

本当にタチが悪いわね。

つかみ所のない性格をしてるっぽい。

「はい、という事で楽しいお食事マナーから始めましょう」

考え込んでいるうちに運び込まれた料理は、今までの人生で一度も口にした事のない代《しろ》物《もの》だというのが一目で分かる。

見ているだけで自然と唾《つば》が湧《わ》き出る。

「では、頑張《がんば》りましょうね」

初めて表情を崩《くず》して笑うメイド。

ただ、その手には……鞭が握られている。

色々、早まったかなぁ。

「あーもう、どっと疲《つか》れたー」

肩《かた》がむき出しでスースーするドレス姿のまま、ベッドに飛び込む。

人生で初の晩餐《ばんさん》会とやらに参加して、ボロを出さないように必死で取り繕《つくろ》っていたけど、ちゃんとやれたかどうかの自信はない。

ただ、あの髭《ひげ》の執事《しつじ》やメイドがフォローしてくれていたから、たぶん正体はバレてないと思う。

「お疲《つか》れ様でした」

不意に耳元で声がした。

いつもなら驚くのだろうけど、疲《つか》れ切っていて反応するのすら面倒臭《めんどうくさ》い。

「気配殺して近づくのやめない？」

「もう、癖《くせ》になってしまっているので」

殺し屋みたいな事を言うのやめてくれないかな、このメイドは。

「ねえ、姫様《ひめさま》っぽくやれてた？」

「及第点《きゅうだいてん》といったところでしょうか」

「ならいいわ……」

自分を偽《いつわ》って取り繕うのって、こんなにも疲れるものなのね。

今日は味方が多かったからなんとかなったけど、このまま姫を演じるなら王族の前でも、同じような事をやらないとダメなのよね。

やっぱり、辞《や》めようかな。想像しただけで、ぞっとする。

「あのー、メイドさん。キャンセルってできないかな？」

「残念ながら、一度引き受けた場合、拒否権《きょひけん》はございません」

「高利貸しみたい……」

冷静に返されてしまった。こうなったら隙《すき》を見て逃《に》げるしかないか。

「ちなみに、リオノール姫は逃亡《とうぼう》が趣味《しゅみ》でして、無駄《むだ》に高い魔力《まりょく》やずる賢さを活用して毎晩のように城から脱走《だっそう》されていました。なので、我々メイドや兵士は見張りや捕縛《ほばく》がとても得意になりまして」

この無表情メイド、釘《くぎ》を刺《さ》してきたわね。確かにここの人達って、身のこなしが一流の冒険者《ぼうけんしゃ》っぽい。前に一人でトイレに行ったときも、姿は見えなかったけど複数の気配を感じて、全然落ち着かなかった。……たぶん、逃げても速攻《そっこう》で捕《つか》まる。

「早まったかなー」

「おやおや、まだ社交界デビュー初日ですよ。これでは先が思いやられます。……仕方がないですね。やる気が出るようなお話でもして差し上げます」

「やる気の出る話ね。なに、子供がよろこびそうな英雄譚《えいゆうたん》でも聞かせてくれるの」

「そうですね。我が国で最も有名なお話ですよ。破天荒な姫と天才と謳《うた》われたドラゴンナイト。二人の愛の逃避行《とうひこう》なんて如何《いかが》でしょう」

それを聞いて思わず上半身を起こした。

「詳《くわ》しく聞かせてもらおうじゃないの」

6

「──とまあ、そんな事があったのですよ」

話を最後まで聞いた。なんでか分からないけど、胸の辺りがムカムカする。

「ねえ、本当にそのラインっていう騎士《きし》の鑑《かがみ》みたいな人って、ダストなの？　とてもじゃないけど、本人とは思えないんだけど」

「私は今のダスト様の方が信じられません。面影《おもかげ》がないどころか、別人にしか見えませんから。……悪魔にでも魂《たましい》を売ったのですか？」

「あたしが聞きたいぐらいよ……」

二人で顔を見合わせてため息を吐く。

タイミングがぴったりだったのがおかしくて、思わず噴《ふ》き出してしまった。

「残念だけど、妄想《もうそう》じゃなくて本当みたいね。それで、ええと……お話の手に手を取って、姫様を連れ出したってのも本当なの？」

「一緒《いっしょ》に逃げたのは本当ですよ。ただ、逃避行の内容は姫様が言いふらしていた内容なので、何処《どこ》まで信憑性《しんぴょうせい》があるのか……」

無表情のまま頰《ほお》に指を当てて、首を傾《かし》げている。

主《あるじ》の言うことを信じていないんだ。

「本人が語っているのに？」

「あの方は息を吐《は》くように嘘を吐《つ》きますから。日頃《ひごろ》の行いって大事ですよ」

「それは同意するわ」

ダストを見ているとよく分かる。

「ただ、あの話をする時の姫様は……とても楽しそうでしたよ」

なんだろう、今の一言を聞いて余計にイライラしてきた。

ダストが何者で、昔何をしていたかなんてどーでもいいけど！

でも、パーティーメンバーに秘密にしていたってのが腹立つだけだし！

姫様といいちゃいちゃしようが、楽しくやっていようが、本当に、マジで、どうでもいいんだけど！

「おや、ほっぺを膨《ふく》らませてどうかされましたか？」

「べーつーにー」

「もし、リーン様が完璧《かんぺき》に姫様を演じられたら、これならリオノール姫いらないんじゃね？　と我々が思うかもしれませんね。そうしたら、姫様はどれ程悔《ほどくや》しがる事か。想像しただけで、ぞくぞく……わくわく……」

別にリオノール姫がどう思おうと、ダストが何をしてようと気にもならないけど、無理《む》矢理《やり》巻き込まれた憂《う》さ晴らしぐらいはしておきたい。

二人の関係はどうでもいいけど、それぐらいの復讐《ふくしゅう》は許されるはず。

「それでも辞退されるのであれば、迷惑《めいわく》料をお支払《しはら》いして宿屋までお送りしますが？」

「結構よ。姫様ごっこ続投してあげるわ！」

そう、これは嫉妬《しっと》とかそういうのじゃなくて、ただたんにムカついただけなんだから！

第四章 あのドラゴンナイトに決着を

1

リオノール姫がリーンと入れ替《か》わってから二晩が過ぎた。

酒場で酒を飲んでいる最中に追っ手が乱入してくるかと思っていたが、そんな素振《そぶ》りすらなく無事朝を迎《むか》えた。

ペリエとかいう赤髪《あかがみ》の女は他《ほか》の連中に伝えなかったのか？

偽者《にせもの》と入れ替わっているのがバレたら、迷わず捕獲《ほかく》しに来るはずなんだが。

「ダスト。しばらく、酒は控《ひか》えようと思っている」

「俺もだぜ。まさか、一日ずっと寝《ね》ちまうなんてよ」

酒に睡眠薬《すいみんやく》を盛られて一日眠《ねむ》り続けていたテイラーとキースが、辛気臭《しんきくさ》い顔をして水を飲んでいる。

「お酒は程々にしないとダメよ。酒は飲んでも飲まれるなって言うじゃない。クエストはゆんゆんとロリーサに頼《たの》んで代行してもらったから、後でお礼言っておいてね」

リーンと入れ替わっているリオノール姫が二人を諭《さと》している。

睡眠薬を入れた張本人がぬけぬけとよくもまあ。

「そうか。二人には詫《わ》びとお礼の品でも持って行くとしよう」

「あの程度の酒で潰《つぶ》れるとは思えねえんだけどな……」

「過ぎた事は別に構わねえさ。二人共、反省しているようだしよ」

唸《うな》るテイラーと首を傾げているキースを今日ばかりは責めたりはしねえ。元凶《げんきょう》がリオノール姫だからな。

たまには優《やさ》しく接してやろう。

「弱った相手を見つけたら、ここぞとばかりに罵倒《ばとう》して金を巻き上げるお前が……どういう風の吹《ふ》き回しだ？」

「もしかして、クエストの実入りが良かったのか？　儲《もう》けたなら少し寄こせよ」

珍《めずら》しく優しくしてやったらこれだ。

前言撤回《てっかい》するぜ。こいつらは同情する価値もねえ。

「やっぱ、罰《ばつ》としてフェイトフォーの飯代頼《たの》むぜ。それで昨日の失態はチャラだ。文句ねえよな？　遠慮《えんりょ》なく腹一杯《はらいっぱい》食っていいぞ」

「それいいわね、よろしくー」

「ごちちょうちゃまでちゅ」

自分達に非があると思い込んでいる二人は渋々《しぶしぶ》だが、フェイトフォーの朝飯代を担当する事になった。

「フェイトフォーちゃん、これが本日のおすすめなんだけど。ボリュームもあって美味《おい》しいって評判なの。……ちょっとお高いけど。食後にデザートもどう？」

今の会話を耳聡《みみざと》く拾った赤毛のウエイトレスが、メニュー表を片手に誘惑《ゆうわく》している。

「おい、一番高い品をすすめんなよ！」

「すまんが、安くて腹の膨《ふく》れる品にしてくれないだろうか」

フェイトフォーの食欲を理解している二人が必死になって、安上がりな料理へと誘導《ゆうどう》しようとしているが、結局ウエイトレスに押し切られたようだ。

盛られていく皿の高さに反比例して、テイラーとキースのテンションが下がっていく。

二人の不幸を酒のあてに飲んでいると、リオノール姫《ひめ》が服の袖《そで》を引っ張ってきた。

「なんだよ」

「昨日の件なんだけどさ。直《す》ぐに追っ手がやってくると思ったのになんでこないんだろう？」

声を潜《ひそ》めて話しているが、向かいの席の仲間は財布《さいふ》の心配で話なんて聞こえねえと思うぞ。

「さてな。あの赤い姉ちゃんが連絡《れんらく》を怠《おこた》ったか、独断で動いているとか？　王国の連中だとしたら見覚えはねえのか？」

「……ないわね。逃走《とうそう》中に見つからないようにメイドや城の兵士達の顔は全部覚えたけど、その中にはいないわよ」

努力の方向性が間違《まちが》っているが、リオノール姫の記憶《きおく》力は確かだからな。特に人の名前と顔を覚えるのが得意らしい。

リオノール姫が言うには、

「直ぐに覚えたら、面倒《めんどう》な勉強、礼儀《れいぎ》作法、習い事で時間取られないから便利なのよ」

との事だ。実際に才女と評判だったが、その頭の良さをいたずらや悪事にばかり活用するのがリオノール姫だ。

「んじゃ、雇《やと》われたヤツか。あの見た目からして堅気《かたぎ》っぽくはねえよな。よその街の冒険《ぼうけん》者《しゃ》かごろつきか」

「詳《くわ》しい事情は知らなくて、ただたんに捕《つか》まえるように言われているだけかもね。隣国《りんごく》で自国の人間を暴れさせるわけにもいかない。だったらつけいる隙《すき》はありそうね……うふふふふふっ」

口の周りに付いた酒の泡《あわ》を舌で舐《な》め取り、ニヤリと笑う。

まーた、悪巧《わるだく》みをする時に決まって浮《う》かべる邪悪《じゃあく》な表情をしている。

しかし、どう立ち回るか。次に会った時は大人しく引き渡《わた》して、リーンを返してもらうというのも、ありっちゃありか。

リオノール姫には悪いが、リーンの様子も気になる。

「ダ、ス、ト。もーし、私を売ったら騎士《きし》時代の過去をお仲間に全部暴露《ばくろ》しちゃうわよー。あんな事や、そんな事まで、ね」

くっ、腹の内を見透《みす》かされたか。

俺が何かしなくても正体がバレているなら、遅《おそ》かれ早かれリーンは帰ってくるだろう。リーンが戻《もど》れば必然的にリオノール姫が偽者だって分かるわけだしな。

「ここにいたのね」

イラついた声に反応して振《ふ》り向くと、ペリエが腕組《うでぐ》みして立っていた。

他に誰《だれ》も引き連れていないな。単独で動いているのか。

「ねえ、どうしよう。この人、昨日の事を気にして一枚羽織ってるわよ」

リオノール姫が指摘《してき》したのは、赤いドレスの上から一枚ジャケットを着ている点だ。

「散々ボロクソにけなしたからな。ちゃんと謝っておけよ」

「ご、ごめんね。悪気があったわけじゃないの。ただちょーっと奇抜《きばつ》なセンスだなーって思っただけで。本当に悪気があったんじゃないのよ。私には理解できない悪趣味《あくしゅみ》なセンスだけど、そんなの個人の自由だし」

当人はフォローのつもりみたいだが、相手には更《さら》なるダメージが入ったようだ。

頽《くずお》れそうになるがテーブルに手をついて、なんとか体を支えている。

「ふ、服の事はどうでもいい！　大人しくついてこい。もし抵抗《ていこう》するなら、ここで暴れてもいいんだぞ」

そう言ってニヤリと笑っているが、何考えてんだこいつ。

冒険者ギルドの酒場で暴れたら、ここにいる連中を敵に回すようなもんだ。

初心者冒険者の街なんて言われてはいるが、とある事情で初心者以外の中級冒険者だってアクセルには滞在《たいざい》している。……男の冒険者限定だけど。

「無関係な連中を巻き込みたくはないだろ？」

「えっ、別にいいわよ巻き込んで」

リオノール姫が即答《そくとう》した。

その回答を予想していなかったのか、あんぐりと大口を開けてバカ面《づら》を晒《さら》している。

「今、なんて言いやがった。こいつらはお前になんの関係もないんだぞ？」

「それが？　私はね、私さえ良ければ他はどうでもいいのよ！」

机に酒の入ったジョッキを叩《たた》きつけ、堂々と最低な宣言をしてくれた。

酔《よ》っ払《ばら》った勢いもあるだろうが、半分ぐらい本音っぽい。

「さ、最低だな。だから王族ってのはいけ好かねえんだ」

「下々の考える事は理解できませんわ。おほほほほ」

テーブルに足をのっけて高笑いを始めている。

ちょっとどころか泥酔《でいすい》してやがるぞ。よく見たら机の上には空になったジョッキがいくつも並んでいる。

もうすぐ捕まると半ばあきらめて、城では飲めない安酒を飲みまくりやがったな。

それも違う種類の酒をちゃんぽんしやがって。悪酔いしてんじゃねえか。

「ちっ、昼間っから酔っ払うなんていいご身分だね。情けなくないのかい。まともな人間は汗水《あせみず》流して働いているってのに。まっとうな精神をしていたら、日の出ている間から飲んだくれようなんて発想にならないよ。こんな姿を見たら家族が泣くぞ。情けないったらありゃしないね！」

　服装についてバカにされた恨《うら》みもあるのか、大声でそんな嫌《いや》みを口にするペリエ。

「はあ……。お前さん、空気読めないとか言われた事ねえか？」

「はっ、何言ってんだ？」

「ここをどこだと思ってんだ、あんた。冒険者ギルドの酒場だぞ」

　そこでようやく自分の失言に気がついたようで、冷や汗を垂らしながらそっと辺りの様子を窺《うかが》っている。

「姉ちゃん。悪かったな、昼間っから飲んだくれて」

「家族か。童貞《どうてい》だけど、死ぬまでに所帯持ちたいなあ」

「酒の素晴《すば》らしさを叩き込んでやる。こっち来て一緒《いっしょ》に飲もうぜ」

　ぬるりと立ち上がった酔っぱらい共に取り囲まれて、ペリエがあたふたしている。

「な、何よあんたら。あたいに手を出してただで済むと思ってんのかい！」

「なんだ金かかるのかよ。いくら払《はら》えばいいんだ？」

「今日の稼《かせ》ぎ全部やるから一緒に飲むぞー！」

　服装から、そっちの商売をしていると勘違《かんちが》いされたな。

「いい加減にしろよ。クズな人間ど……がぼぼぼぼ」

喋《しゃべ》っている途中《とちゅう》に酒を無理矢理《むりやり》飲まされている。

「あたいを酔わそうってか？　ういっく。しょう簡単に酔ったりなんか、しねぇぞおおっと、うぃー」

おいおい、あの一口で出来上がったのか？　こいつ、見た目に反して酒に弱いのかよ。

「おっ、いい飲みっぷりじゃねえか。もっと飲め飲め。俺の奢《おご》りだぜ！」

「おしゃけ、樽《たる》で持ってこーい！」

あの姉ちゃん髪《かみ》と服だけじゃなく、体まで真っ赤になってんな。

誘《さそ》ってきた連中と肩《かた》を組んで近くの席に陣取《じんど》っている。俺達の事を完全に忘れて、連中と酒飲み出したぞ。

何がしたかったんだ、あいつは。

「私も負けずに飲むぞー」

「飲み過ぎだ。ちょっと酔い覚ましに風に当たってくんぞ。お前らは……頑張ってくれや」

テイラーとキースはフェイトフォーの半端《はんぱ》ない食事風景にそれどころではないようで、こっちを見向きもしない。

さっきの話も聞かれてないみたいだな。

これ以上、ここにいると失言が怖《こわ》いのでリオノール姫を強引《ごういん》に外へと連れ出す。

人気《ひとけ》のない場所で酔いを覚まさせようと歩いていると、路地裏を抜《ぬ》けた空き地で急に足を止めてじっと俺を見つめてきた。

「こら－、外に連れ出して、何する気～。もしかして、ナニする気なのぉ」

「うっとうしい、酔っぱらいだな！　手なんか出さねえよ」

「それって……リーンちゃんが大事だから？」

さっきまでの呂律《ろれつ》が回らない話し方とは違い、ハッキリとした口調で俺を見た。

「酔った振りだったのかよ」

「そんな事より、質問に答えなさいよ。そんなにリーンちゃんが大事なの？　私と見た目だって変わらないなら、私でいいじゃない。胸は勝ってるし」

「あのな、そもそも……」

上気した頬《ほお》に悩《なや》ましい吐息《といき》で迫《せま》ってくるリオノール姫を押しのけて、両肩に手を置いて息を吸う。

「本当は何しにここに来たんだ？」

「ベルゼルグ王国に行くついでに、ダストに会いに来たって行ったでしょ」

「本当にそれだけか？」

リオノール姫なら、勢いとノリでそういう事をしても不思議じゃない。

だけど、わざわざフェイトフォーを逃《に》がして言伝《ことづて》を頼《たの》むなんてらしくない。あえて、なにも教えずに、いきなり現れて驚《おどろ》かせる。そういう人だったはずだ。

「んーまあ、これがあんたと会える最後のチャンス、だってのもあるんだけどね……」

「それってどういう」

目を伏《ふ》せて、寂《さび》しそうに呟《つぶや》く声に動揺《どうよう》してしまう。

言葉の真意を聞くために詰《つ》め寄ろうとしたら、

「見つけたわよ！　あたいを策略にハメて酔わせるだなんてやるじゃないか」

言葉を遮《さえぎ》ったのは赤い姉ちゃんだった。

あっさり酔っ払っていたくせに、今は素《す》のように見える。

「勝手に自爆《じばく》しただけだろ。もう酔いはいいのか？」

「ふっ。一緒に飲んでいた知らないプリーストが『酒癖《さけぐせ》が悪すぎる！』とか言ってキュア掛《か》けたから万全《ばんぜん》よ」

余計な真似《まね》を。

でもここなら人気もないから、話を聞かれる心配もなくてちょうどいい。

「んでもって、あんたは誰に雇われたんだ？」

「雇われた？　何言ってんのさ。あたいは命令されてきたんだよ。ブライドル王国のおてんば姫《ひめ》を確保して来いってね」

「だから、その命令したヤツに雇われたんだろ？」

「まあ、一応は雇われている事になるのかね。上司からの命令だしな」

ん？　なんか話が噛《か》み合ってない気がするぞ。

「ちなみに誰の命令だ？」

「お父様か執事《しつじ》か、宰相《さいしょう》かもしれないわね」

俺の予想としては本命は王様で、次に執事だな。

「魔王《まおう》軍幹部とだけ言っておくよ」

「「はあっ？」」

俺とリオノール姫の声が被《かぶ》る。

こいつ今、なんて言いやがった。えっ、魔王軍？

「何を驚いているんだい。しらばっくれてんじゃねえぞ。感づいていたんだろ？」

「えっと、ごめん。全然」

「これっぽっちも」

素直《すなお》に答える俺達。

しらけた空気がこの場に流れている。

「いや、ちょっと待てよ。お前らは魔王軍に狙《ねら》われているのを察知して、身代わりを用意して逃げ出したんだよな？」

「ううん、違うわよ。私が脱走《だっそう》したかったから、利用しただけだけど？」

……ヤバい事態のはずなんだが、緊張感《きんちょうかん》が欠片《かけら》もねえな。

「つまりなんだ。魔王軍から姿をくらますために策を弄《ろう》したわけじゃないって事かい？」

俺とリオノール姫が同時に頷《うなず》く。

「はああああっ。あたいの苦労はなんだったんだい。捕《つか》まえようとしていた対象が、そっくりな身代わりを用意する切れ者だと判断して交渉《こうしょう》しようと思ったら、こんなオチかい。

……服もバカにされるし」

頭を抱《かか》えて唸《うな》りたくなる気持ちは分かる。

こいつも姫に巻き込まれた犠牲者《ぎせいしゃ》の一人みたいなもんだ。

「でよ。その魔王軍の一員がなんの用なんだ？」

「まだ用件を話してなかったね。王族や冒険者《ぼうけんしゃ》なら最近の情勢には気づいてんだろ。魔王軍が近々大規模侵攻《しんこう》を計画しているって事を」

その言葉を聞いてリオノール姫がはっと息を吞《の》んだ。

噂《うわさ》程度には耳にしていたが、この発言と表情。マジっぽいな。

「……その話し合いのためにベルゼルグ王国へ向かっていたのよ」

「……大事な話し合いじゃねえのか。こんな事している場合じゃねえだろ」

「……いいのよ。私はただの付き添《そ》いでメインじゃないんだから」

小声で言葉を交《か》わしているが、そんな事情があったのか。

「おい、あたいを無視してごちゃごちゃ話してんじゃねえよ。虚《むな》しいじゃないか」

こいつ本当に魔王軍なのか？

言動が荒《あら》っぽいくせに人間味があるな。

「ちゃんと人の話は最後まで聞けって習わなかったのかい？　いいか、そこのリオノールの身柄《みがら》を確保して人質《ひとじち》として利用すれば、ブライドル王国の主力である、厄介《やっかい》なドラゴンナイト達を封《ふう》じる事が出来る」

なるほどな。空を支配出来れば戦況《せんきょう》はかなり優位になる。空を飛べるモンスター達にとって最大の敵が――ドラゴンナイト。

「へえ、魔王軍にも悪知恵《わるぢえ》が働くヤツがいるみたいだな。だが、お前さん達は重大なミスに気づいてねえぞ」

「はっ、何を言ってんだい。どこにミスがあるってんだ」

俺はビシッとリオノール姫を指さし断言する。

「リオノール姫に人質としての価値はねえ！」

「な、何言ってんのよ！　こんなにも清くて美しく聡明《そうめい》で国を照らす太陽のような存在の私なのよ。凶暴《きようぼう》でダサくて臭《くさ》いと評判の魔王軍に捕まったとなったら、国中の人が悲しみの涙《なみだ》で頬を濡《ぬ》らすに決まってるわ！」

早口で一気にまくし立ててくる。

よくもまあ、それだけ自分の価値を高く見積もれるもんだ。

「そ、そうだぞ。素行に問題があろうと王族だぞ！　それも第一王女に価値がないわけないだろ⁉」

「はあ、分かってねえな。日頃《ひごろ》から城の連中に迷惑《めいわく》を掛《か》けまくってんだぞ。城の連中からしてみれば自分達は王族に手を出せないけど、魔王軍が勝手に処理してくれて万々歳《ばんばんざい》ってところだ」

と言ってみたものの、これは嘘《うそ》だ。

破天荒《はてんこう》でワガママなのは周知の事実だが、さっぱりとした性格と身分の差を気にしない言動が、兵士や国民に好まれているのは紛れもない事実。

「私、そこまで嫌《きら》われていたの⁉　嘘よね、嘘だと言ってよおおおっ！」

リオノール姫が頭を抱えてのけぞりながら、空に向かって吠《ほ》えている。

相手に誤解させるための嘘に合わせて迫真《はくしん》の演技しているだけだよな？

あれ？　本気でショック受けてねえか？

「確かに、こんな危ないヤツは国中から嫌われていてもおかしくない……か」

「しみじみ納得《なっとく》しないでよ！　泣くわよ！　大丈夫《だいじょうぶ》、私は嫌われてないから！　きっと大丈夫だから、試《ため》しに人質にしてみなさいよ！」

なんで自ら人質になりたがってんだよ。

「あっ、いや、やっぱいいかなって」

「ちょっとだけでいいから！　一泊《ぱく》二日でいいからお試しに人質にしなさいよ！」

拒絶《きょぜつ》するペリエとぐいぐい迫るリオノール姫。

……なんだこれ。

「お前、人質にしてもワガママ言うだろ」

「言うわけないでしょ。腕利《うでき》きのシェフとふかふかのベッド。あと大きな風呂《ふろ》に三食昼寝《ひるね》付き、ぐらいの環境《かんきょう》で勘弁《かんべん》してあげるわ」

「やっぱ、いらないわ」

「どうしてよ。すっごく妥協《だきょう》してあげたじゃない！」

これはうまくいった、と言っていいのか。

人質にする気は失《う》せたようだから、成功でいいよな。

「あーもう、うっとうしいねえ！　上司は生きて連れてこいとの命令だったが、あんたをここで殺しても一緒《いっしょ》だね。目撃者《もくげきしゃ》がいると厄介だから、あんたにも死んでもらうよ」

最悪のキレ方しやがったぞ、こいつ。

悪い方に転びやがった！

「上司の命令に刃向《はむ》かうと後が怖《こえ》えぞ」

姫を背後にかばって一歩前に出る。

「ごちゃごちゃうるさいんだよ！　あたいは昔っから考えるのが苦手でね。こうなったのも上司の人選ミスであたいは悪くないよ！」

開き直ったバカはタチが悪い。

今までの行動も利口だとは言えなかったからな。確かに上司の人選ミスだ。

ジャケットを脱《ぬ》ぎ捨てたペリエの背中から大きなコウモリの翼《つばさ》が生え、頭からは二本の角が伸《の》びてきた。こいつは魔族か。

「あーそういう事。悪趣味《あくしゅみ》な露出《ろしゅつ》狂《きょう》かと思ってたけど、背中が大きく開いたドレスに意味があったのね」

大きなコウモリの翼がドレスを破る事なく現れた事に、リオノール姫が感心している。

驚《おどろ》くポイントはそこじゃねえと思うんだけどな。

「結構強そうな相手ね。ダスト、そこは任せたから！」

満面の笑《え》みでそう言うと、背を向けて全力で路地裏から走り去っていく。

「おい、一人で逃げたぞ」

「……そうだな」

見事な逃走《とうそう》っぷりにペリエは止める暇《ひま》もなかったようだ。

じっと見つめ合う二人。

「なあ、俺達が戦う意味あんのか？」

「言うな！　あいつは後で酷《むご》たらしく殺してやるが、今までの鬱憤《うっぷん》はてめえにぶつけてやる！」

話し合いに応じる気がこれっぽっちもねえな！

低空で滑空《かっくう》しながら突《つ》っ込んでくる。

異様に伸びた長く赤い爪《つめ》が五本の軌跡《きせき》を描《えが》いて、俺の顔面を切り裂《さ》こうとする。

剣《けん》でどうにか弾《はじ》くが、直《す》ぐさまもう片方の手の爪が襲《おそ》いかかり、俺は攻撃《こうげき》を凌《しの》ぐので精《せい》一杯《いっぱい》だ。

「あんた、頭は緩《ゆる》いが腕は立つようだなっ！」

「腕っ節《ぶし》だけで幹部候補まで上り詰《つ》めたからねっ！　上司からも『戦闘《せんとう》力だけは期待している』ってお墨《すみ》付《つ》きだよ！　今回の誘拐《ゆうかい》も別のヤツが受けた任務だったが代わってもらったんだよ。力尽《ちからず》くでねっ！」

なるほど。こいつが強引《ごういん》に任務を入れ替《か》わったのか。

……って事は、上司の人選ミスじゃねえだろ！

「苦労している者同士として、お前さんの上司と話が合いそうな気がするぜ！」

すべての斬撃《ざんげき》を弾き、大きく後ろに跳《と》んで間合いを広げる。

魔法を使わずに正攻法《せいこうほう》な攻撃しかしてこないので、対応するのは楽な相手だが、身体能力が化け物だな。単純に攻撃が速くて防ぐので精一杯だ。

爪の長さが剣の刃《やいば》より少し長い。リーチで負けていて、尚且《なおか》つ相手は両手を振《ふ》るえる。

隙《すき》を見て一撃を叩《たた》き込もうとするが、危なくなったら直ぐさま上空へ退避《たいひ》か。

こりゃ確かに腕利きだ。

「くそが。じり貧《ひん》どころか、かなりやべえな」

律儀《りちぎ》に戦わずに逃《に》げた方がいいんじゃねえか。

だけど、ここで逃がしたら迷わずリオノール姫を襲いに行くよな、こいつは。

「じゃあ……引けねえよなっ」

腰《こし》を落として剣を構える。

「おやあ、逃げないのかい。思ったより腕が立つようだが、あたいには一歩届かないようだね。さっさと殺して、あのアマをいたぶりに行かないとねえっ！」

天高く舞《ま》い上がると、そこから俺を狙って急降下してくる。

この速度で突っ込まれたら弾く事は不可能。柄じゃねえが、相打ち覚悟《かくご》で一発入れてやるか……。

「ダスト、これ使いなさい！」

背後から叫《さけ》ぶ声と風切り音。

俺は剣を地面に落とすと、後方から迫《せま》ってくるそれを振り返りもせずに受け取る。

手になじむ重さなので見ないでも分かる。槍《やり》を持ってきてくれたのか。

「おや、戻《もど》ってくるとはね！　こいつを切り裂いたら次はあんただよ！」

槍を手にした俺相手に頭から突っ込んでくる。

石突《いしづ》きを地面に置いて、穂先《ほさき》をペリエに向けた。

後は激突《げきとつ》するタイミングで横に飛ぶっ！

「なっ!!」

あの速度では急な方向転換《てんかん》は不可能。

切り裂くはずだった俺がいた場所には槍が残されているだけ。そこに自ら突っ込めばどうなるか。

「エロい姉ちゃんには手加減してやりたかったんだが、リオノール姫《ひめ》を狙《ねら》うなら話は別だぜ」

俺は無残な光景をリオノール姫に見せないように視線を遮《さえぎ》ると、肩《かた》を抱《だ》いてその場を後にした。

「ダスト、私戻るわ」

近くの飯屋でリオノール姫が唐突《とうとつ》に切り出してきた。

「どういう風《ふ》の吹き回しで？」

「命を狙われてヤバいってのもあるんだけど、私に化けているリーンちゃんの命が狙われる可能性もあるって事よね。魔王《まおう》軍がペリエだけを寄こしたとは思えないし」

「あー、俺が上司なら別の優秀《ゆうしゅう》な人材も送るな」

腕は確かだったが頭脳労働には向いていなかった。

こういうのは頭の切れる連中にやらせるべきだ。

「でしょ。私もしっかりとした護衛に囲まれた方が安全だし、何よりリーンちゃんをこれ以上巻き込むわけにはいかないわ。ワガママは、これでおしまい。楽しかったわよ、ダスト。ありがとう」

珍《めずら》しく素直《すなお》に感謝の言葉を口にすると、ゆっくりと頭を下げた。

「そんな殊勝《しゅしょう》な態度に出られるとむず痒《がゆ》くなっちまうな」

「ふふっ。もうこうやって会えるチャンスはないからね。最後ぐらいは姫らしく振る舞っておこうかなーって」

そう言って無邪気《むじゃき》に笑う姿の方が、姫には似合っている。

2

「リオノールが帰ってきたわよ、門を開けなさい」

アクセルの街の富裕層《ふゆうそう》が住む一帯に建つ、ひときわ豪華《ごうか》な屋敷《やしき》の前でリオノール姫が堂々と名乗る。

門を守っている兵士の胸元《むなもと》に刻まれているのはブライドル王国の紋章《もんしょう》。

「確かにリオノール様にそっくりだ。話を聞いていなかったら騙《だま》されるところでしたよ」

まじまじと全身を観察してから、何度も頷《うなず》いている。

なんだこいつ。一国の兵士がやっていい対応じゃないぞ。

「何を言っているの。私の命令よ！　この顔を忘れたとは言わせませんよ」

「そりゃ覚えてますすよ。城でも道中でも散々困らされてきましたからね。私なんて姫の脱《だっ》走《そう》を止められなかった件で、三回ほど減俸《げんぽう》されてますし」

大きなため息を吐《つ》いた兵士は、姫の顔を知らないわけではないのか。

「じゃあ、通しなさいよ。さっきの発言は聞かなかった事にしてあげるから」

「ダメですよ。リオノール様の名を騙《かた》った事は内緒《ないしょ》にしてあげるから、さっさと立ち去りなさい」

「なっ、私を誰《だれ》だと……」

「リオノール様のそっくりさんでしょ。現にリオノール様は屋敷にいらっしゃいますし。事前に執事長《しつじちょう》が『アクセルの街にはリオノール姫に容姿がそっくりな者がいるそうです。名を騙って接触《せっしょく》を図《はか》ってくるかもしれませんので、相手にしないように』と言われているからね」

この兵士は屋敷にいる方が本物だと信じている。

そりゃそうか。リーンがバレずにリオノール姫役をやりきっているなら、ここにいる本物が偽者扱《にせものあつか》いになるよな。

「その目は節穴なの！　ちゃんと見なさいよ。この麗《うるわ》しい顔はリオノール本人でしょうが！」

「その話し方ってリオノール様っぽいね。ちゃんと役作りもやってきたのか、ご苦労様。そこの仮面のあんた、このしつこい人連れて行ってくれよ」

まったく相手にされてないな。

ちなみに俺は国の連中に顔が割れているから、バニルの旦那《だんな》から買った仮面を装着している。

「分が悪いみたいだから、一旦《いったん》引こうぜ」

「嫌《いや》よ！　私が分からないなんてどうかしてんじゃないの！　あっ、爺《じい》や！　こっち見なさい。私よ、私！」

タイミング良く中庭を歩いている髭《ひげ》執事——執事長とメイドを発見したリオノール姫が、大きく手を振りながら大声で呼ぶ。

じっとこっちを見ていた執事長だったが、眉根《まゆね》を寄せて歩み寄ってきた。

「おや、リオノール様にそっくりなご婦人ですな。噂《うわさ》には聞いてましたが、これは驚《おどろ》きましたぞ」

自慢《じまん》の髭を指でしごきながら感心している。

「何言ってんの。こっちが本物で屋敷にいるのが偽者でしょ！」

「こらこら。リオノール様を偽者呼ばわりするのはいただけませんな。王族に対する暴言は見過ごせませんぞ」

「そうですよ。あれでも仮にも王族なのですから」

執事長の隣《となり》でメイドが無表情に頷いている。

「えっ、ちょっと待って。二人とも本当に分からないの？」

産まれた時からずっと面倒《めんどう》をみてくれていた執事長が、自分の事を分からないのはさすがにショックだったらしく、よろよろと後退《あとずさ》る。

「今、屋敷にいるリオノール様は少々礼儀《れいぎ》作法が怪《あや》しいところはありますが、ワガママも言わずに学んでいます。ここからは私の独り言なのですが、お側付《そばづ》きの全員一致《いっち》で、もうこのままでいいか、という事になりましたので」

「元祖リオノール様よりも、かわいらしいお方ですよ」

おいおい、とんでもない事を言い出したぞ。

こいつら正体を分かったうえで、リーンを本気でリオノール姫の代わりにするつもりか。

「あ、あんたら、裏切るのね！　これは謀反《むほん》よ！　陰謀《いんぼう》よ！」

リオノール姫がまさかの展開に頭を抱《かか》えている。

「何を仰《おつしや》っているのですか？　私はリオノール様の望みを叶《かな》えたまで。これから自由に生きてくださいね。贅沢《ぜいたく》もワガママも通用しないでしょうが、ご健在でありますように。ぺっ」

笑顔《えがお》のまま地面に唾《つば》を吐《は》きやがったぞ。

「ちょっ、マジで言ってるの⁉　ねえ、ちょっとは私も反省するから。ねえ、冗談《じようだん》だって言ってよ！」

執事長に飛び掛《か》かろうとしたので、背後から抱きしめて止める。

「リーンは納得《なつとく》しているのか？」

「おや、仮面のあなたの声、どこかで聞き覚えがありますね。それはさておき、新リオノール様から言伝《ことづて》があります。『姫様よりあたしが大事なら連れ出してみなさいよ』だそうです」

なんでリーンが意固地になってやがるんだ。

「もしかして……過去を話したのか？」

俺がうつむいてぶつぶつ言っていると、にゅっと視界にメイドが入ってきた。

この顔は見覚えがある。確かリオノール姫の専属メイドだったか。盗賊《とうぞく》上がりで無表情なくせに毒舌《どくぜつ》だったんだよな。

「暇潰《ひまつぶ》しに、リオノール様が若きドラゴンナイトと駆《か》け落ちをした話を、脚色《きゃくしょく》たっぷりでお伝えしたら、なぜか不機嫌《ふきげん》になられまして。『あいつが頭下げて迎《むか》えに来るまで、絶対に帰らない』と仰るので、よっしゃーって感じです」

「犯人はお前かよ……」

俺がずっと黙《だま》っていた秘密を聞いて不機嫌になったのか。

いつか全部話すって言っておきながら、まだ伝えてなかったからな。こりゃ、土下座でもして心から謝らないと機嫌が直らないっぽいぞ。

「そういうわけですので、お引き取りを。まあ万が一にもあり得ませんが、この警備網《けいびもう》を潜《くぐ》り抜《ぬ》け新リオノール様までたどり着き奪還《だっかん》できましたら、そこの元と交換《こうかん》しても構いませんよ？　渋々《しぶしぶ》ですが」

「元ですって……」

怒《いか》りに震《ふる》える声が隣から聞こえる。視線は向けないでおこう。

「いい根性《こんじょう》しているじゃない。偽者を奪還されて後で吠《ほ》え面《づら》をかかないでねっ！　権力を取り戻した暁《あかつき》にはどうなるか……覚悟してなさい！」

「ほっほっほ。そっくりさんに何を言われても響きませんな」

睨《にら》み付けるリオノール姫と受け流す執事長。

今まで相当苦労させられていたからな。ここぞとばかりに反撃《はんげき》している。

こりゃ口を挟《はさ》む隙間《すきま》がねえ。この流れだと助け出すのは決定事項《じこう》になりそうだ。

まあ、それも悪くねえか。

それに向こうも本気で言っているわけじゃないはずだ。姫に反省を促《うなが》すためにあえて憎《にく》まれ口を叩《たた》いているのだろう。

自ら望んで戻《もど》ったとなれば今後のワガママが少しは減る。そんなところまで計算してそうだ。

「はあー、元祖リオノール様が戻られたら、この平穏《へいおん》な日々が終わりを告げてしまうのですね。非常に残念でありません」

「食事やドレスであんなに喜んでくださる純粋《じゅんすい》なリオノール様と交換だなんて、今後私は何を楽しみに生きれば良いのでしょうか」

執事長と専属メイドが揃《そろ》って大きなため息を吐いた。

その反応を目《ま》の当たりにした本物のリオノール姫が、ぷるぷると震《ふる》えている。

「もちろん、我々は本気で全力で阻止《そし》させて頂きますので、もし挑《いど》まれるなら相応のお覚《かく》悟《ご》を」

「久々に盗賊時代の腕《うで》を発揮できそうですわ」

二人が指と肩を鳴らして、やる気満々のポーズをしている。

こいつらマジで妨害《ぼうがい》してくる気か。

「バーカ、バーカ！　絶対に泣かしてやるんだからっ！　行くわよ、ダスト！」

「お、おう」

涙目《なみだめ》で引っ張られながら屋敷を振《ふ》り返ると、二階の窓際《まどぎわ》からこっちを覗《のぞ》き見しているリーンと目が合う。

似合わないドレス姿で俺を睨《にら》むと、舌を出しやがった。

かなりご機嫌斜《なな》めみたいだな。……ご機嫌を取るためにも、いっちょ気合い入れて奪還してみるか。

3

その日の深夜、俺達は屋敷の見える場所から観察していた。

門の前には四人の兵士。全員の胸にブライドル王国の紋章があるので、国から連れてきた兵士だろう。

「あのー、なんで私まで引っ張り出されたんですか。今の時間は稼《かせ》ぎ時なんですけど……」

ピンク髪《がみ》が何か言っているが無視だ。

門の先にあるのは広大な敷地《しきち》を誇《ほこ》る中庭。そこにも数名の兵士が潜《ひそ》み、罠《わな》も仕《し》掛《か》けてあると考えるべきか。

「本当にリーンさんがここに誘拐《ゆうかい》されているのですか？　だとしたら、ここで助け出したら感謝してもらえて、お、お友達に」

いつものちょろいボッチ紅魔族《こうまぞく》が何か言っているが、こっちも無視だ。

「おい、事情をちゃんと話せよ。このリーンがそっくりさんで偽者だってのは理解したけどよ」

「そうだ。なんで、このリールさんとリーンが間違《まちが》えられて、貴族の屋敷に閉じ込められているんだ」

キースとテイラーが暑苦しい顔を近づけてくる。

ここも無視したいところだが……いい加減説明しねえと、こいつら帰りそうだな。

リーンがヤバいとだけ伝えて強引《ごういん》に連れてきたから、全員が現状を把握《はあく》していない。

「実はだ。このリールさんはとある貴族の令嬢《れいじょう》でな。最近ご両親が死んだばっかなんだよ。んでもって、その遺産目当ての親族が強引に婚姻《こんいん》を結ぼうとして、それが嫌で逃《に》げ出したんだとよ。その時に偶然《ぐうぜん》リーンを見つけた連中が勘違《かんちが》いした挙げ句に誘拐して、リールさんとして利用しようとしている、ってわけだ」

という設定だ。

あの後、仲間の助力を得るためにリオノール姫《ひめ》と考えた創作物語。昔懐《なつ》かしい、リールという偽名《ぎめい》を使って。

「リーン様にはご迷惑《めいわく》をお掛《か》けして、本当に申し訳ございません」

ハンカチで目元を押さえながら、涙声で話すリオノール姫。日頃《ひごろ》から嘘《うそ》や芝居《しばい》に慣れているだけあって見事な演技だ。気のいい仲間達はすっかり騙《だま》されている。

「そうだったんですか。無理矢理《むりやり》結婚を迫《せま》る貴族の男と、そこから逃げ出した女性。身代わりとなった冒険者《ぼうけんしゃ》に迫る危機。……これは一部の方に夢として需要《じゆよう》がありそうなシチュエーションの気配がビンビンします！」

後ろの方でメモ帳を出して熱心に何か書き込んでいるロリサキュバス。

「リーンさん大ピンチじゃないですか！　悪党が相手となれば話は別です。紅魔族としてこの状況《じょうきょう》は見逃《みのが》せません！」

ゆんゆんが珍《めずら》しく意気込んでいる。

正義ごっこが大好きな紅魔族らしいな。

「リーンの身が危ないとなれば放《ほう》ってはおけぬな。俺も全力を尽《つ》くそう」

「うちの紅一点だからな。いなくなるとむさ苦しいメンツになっちまう」

テイラーもキースもあっさり信じてくれたか。

「しかし、その子は連れてくる必要はなかったのではないか？」

テイラーの視線の先にいるのは、おんぶ紐《ひも》で背中に繋《つな》がっているフェイトフォーだ。

いつもならとっくにベッドで寝《ね》ている時間なので、今も背中で熟睡《じゅくすい》中だ。

「一人で部屋に残しておくのも心配だからな。それにこいつが付いてきたいって駄々《だだ》こねたんだよ。いざとなったら、こいつだけでも逃がすから心配すんなって」

実際のところ一緒《いっしょ》に行きたいと言ったのも本当だが、俺と契約《けいやく》を結んでいるホワイトドラゴンのこいつが近くにいたら、いつもより力を発揮できる。

いざという時に役立ってくれるはずだ。

「それじゃあ、計画を話すぜ。まずは、ゆんゆんが全裸《ぜんら》で魔法《まほう》を手当たり次第《しだい》にぶっ放す」

「嫌《いや》ですよ！　問答無用で犯罪者になるじゃないですか！　それに、なんで全裸なんですか⁉　その要素は必要ないですよね！」

俺の完璧《かんぺき》な作戦に初っぱなから批判するとは生意気な。

「大丈夫《だいじょうぶ》だって。深夜だから誰《だれ》も見てねえよ」

「そういう問題じゃないですよね！　やるなら、ダストさんが一人でやればいいじゃないですか」

「軽犯罪は楽勝だが重犯罪はちょっとな」

「ダストさんでも躊躇《ちゆうちよ》するような事をやらせないでください！」

「そうだぞ。そんなバカな作戦は破棄《はき》して、もっと堅実《けんじつ》な方法を考えるべきだろ」

「全裸には賛成するけどよ、もうちっと頭使えよ」

思っていたよりも抵抗《ていこう》するゆんゆんと、一緒になって俺を責めるテイラーとキース。

そこまで言うなら、この作戦は取り下げてやるが……。

「せっかく、俺様が頭をひねって考えてやったのによ。じゃあ、お前らが代案出せや。そんだけバカにしやがったんだ、唸《うな》るぐらい頭のいい作戦を提案してくれるんだよな？」

順々に仲間の顔をじっと見つめ、ゆんゆんの前でピタリと止める。

「わ、私ですか⁉　えっと、あの門番さんにリーンさんを返してくださいって、お願いするとか」

「いいんじゃねえか。じゃあ言い出しっぺのお前さんが行ってこいよ」

「えっ、えっ、私ですか？　本当に行くんですか？」

「ダスト、それは酷《ひど》くないか」

「テイラーさんよ、何が酷いんだ？　俺の作戦にいちゃもんつけたなら、自分で考えた代案を実行するべきだろうが。批判だけなら誰だって出来るんだぜ？　おら、行ってこいや」

俺が急《せ》かすと怯《おび》えた表情で辺りをきょろきょろしながら、門番へと近づいて行く。見るからに挙動不審《ふしん》な人物だな。

何やら門番に訴《うった》えかけているみたいだが、距離《きょり》があるので何を言っているのか聞こえない。しばらく眺《なが》めていると、落ち込んだ様子で戻ってきた。

「あのー、こんな遅《おそ》くに女の子が一人でいたらダメだろって怒《おこ》られちゃいました……」

「役に立たねえな！　次、他《ほか》に誰か案はねえのか？」

俺が話を振ると、一人を除いて一斉《いっせい》に目を逸《そ》らした。

何か発言したら実際にやらされるのを知って、怖《お》じ気づきやがったな。

「じゃあ、私から代案を言うわね」

唯一《ゆいいつ》、目を逸らさなかったリオノール姫が手を挙げる。

「おっ、なんか考えたのか？」

「まあね。相手は悪い貴族だけど下っ端《ぱ》は何も知らないで従っているだけだから、あの人達にはできるだけ危害を与《あた》えたくないの。そこでこういうのは……」

小声で話す言葉に全員が耳を傾《かたむ》ける。

「まずは実際に屋敷《やしき》へ忍《しの》び込んでリーンさんを奪還する人達と、外で騒《さわ》いで相手の注意を引きつける人達にチームを分けてはどうでしょうか？」

「二手に分けるのか。正面からの力押しは無理がある。となると侵入《しんにゅう》は少人数の方が何かと都合がいい、か」

「俺はいいと思うぜ。問題はチーム分けだよな」

テイラーとキースは賛成か。

「そのチーム分けなんだが、屋敷に行くのは俺とリールとフェイトフォー。それに、ロリサキュバスでどうよ？」

「えっ、私もですか⁉」

自分が選ばれるとは思ってもいなかったようで、ロリサキュバスが自分を指さして驚《おどろ》いている。

「お前さんは精神に作用する魔法が得意だからな。忍び込む時に有効だろ」

それにサキュバスは人目に付かずに男の寝室《しんしつ》に忍《しの》び込んで、夢を見させるのが仕事だ。

不法侵入はお手の物だしな。

「あのー、やっぱりフェイトフォーちゃんを連れて行くのは危険じゃないですか？」

おずおずと手を挙げて意見を言う、ゆんゆん。

「考えが甘いな。屋敷の中に忍び込んだ男が幼女を背負っていたら、お前さんはどう思う？」

「えっと……すっごくびっくりします」

「だろ。相手の意表を突いて隙《すき》を突《つ》くってのも作戦のうちだ。それに捕《つか》まっても、こいつは逃がしてくれるだろ」

「はい。捕まった時は私が逃がしてくれるように頼《たの》み込みますので。あと、今回の目的はリーンさんと私が再び入れ替《か》わるのが目的です。この数日、自由に動けたおかげで婚姻相手の不穏《ふおん》な情報を手に入れる事が出来ました。それを元にして婚姻破棄をします」

堂々と宣言するが、全部嘘。

何も知らなければ自分の道を切り開こうとする、健気《けなげ》で立派な貴族に見えたんだろうな。

俺と背中で寝ているフェイトフォー以外は、そんな目でリオノール姫の芝居を見ている。

「では、話を詰《つ》めましょう」

4

作戦が決まり各自が配置についた。

と言っても半分行き当たりばったりだが。

屋敷の門の前を通る一人の女。夜道で不安なのか落ち着きのない仕草が不審者《ふしんしゃ》にしか見えない。

「そこの、綺麗《きれい》な姉ちゃん。俺達と一緒に楽しい事しようぜー。……おい、早くしろよ」

「おっ、すまん。ええとだな……という事でお茶でもしないか？」

「お、お茶ですか。そんな、私でいいんですか？　あの、誰かと勘違いされているとか」

二人組の冒険者に絡《から》まれている、見るからに気の弱そうな女。

迷惑しているのかと思えば、満更《まんざら》でもない顔をしている。……それじゃダメだろ。

「ゆんゆん、もっと嫌《いや》がって抵抗してくれよ。じゃないと、話になんねえだろ。あと、テイラーも、もうちょい芝居頑張《がんば》れよ」

「す、すみません。人から求められるのって貴重で……」

「お、おう。チンピラ風だったな。キースやダストをイメージして……」

……人選ミスったか。

キースはナンパ役に適任だが、残りの二人がな。演技力がくそだ。

だけど不幸中の幸いと言うべきか、三人の下手《へた》くそなやり取りが逆に目を引くようで、門番達がそっちに注目している。

「ナンパか？　いや、痴話喧嘩《ちわげんか》か？」

「止めに入った方がいいかもしれんな。あの子さっきの子じゃないか？」

迷っている門番の目を盗《ぬす》んでこっそりと門を抜《ぬ》ける。俺は顔がバレないように仮面を装着して。

塀《へい》を越《こ》えて中に入るルートも考えたが、ここは異様に塀が高いので乗り越えるのも一苦労。俺だけならまだしも、リオノール姫もいると無理がある。

それに向こうは待ち構えているのだから、正面から行く方が意表を突ける、かもしれない。

「まずは中庭に潜入《せんにゆう》成功ね。屋敷の見取り図は頭に入っているから付いてきて」

中庭に滑《すべ》り込んで大きな木の陰《かげ》で全員が身を潜《ひそ》める。

懐《ふところ》から一枚の紙を取り出したリオノール姫が、俺達を先導して歩き出した。

「頼《たの》もしくていいんだが、なんで屋敷の図面なんか持ってんだ？」

「そんなの決まってるじゃない。逃走《とうそう》計画の一つに屋敷から抜《ぬ》け出すってのも入ってたからよ。だから、あらかじめ図面を手に入れておいたの」

用意《ようい》周到《しゆうとう》だと褒《ほ》める気になんねえ。

中庭が無駄《むだ》にだだっ広いせいで屋敷の入り口まで結構距離がある。

「ここから先は視界を遮《さえぎ》るもんがねえな。灯《あか》りも至る所にあるから姿が丸見えか」

「問題はこっからよね、どうしよっか」

「まあ、灯りを避《さ》けながら進めるところまで行くっきゃないだろ」

俺とリオノール姫《ひめ》、そして背中のフェイトフォーと腰《こし》を屈《かが》めたまま、こそこそと中庭の隅《すみ》の方を進む。

八割ぐらい進んだところで辺りが一気に明るくなった。

「うぎゃっ、目がっ、目がっ！」

「うおっ、眩《まぶ》しっ！」

たまたま光の方向を見ていたリオノール姫が、目を押さえて地面を転がり回っている。

光は屋敷の屋根辺りからこっちを照らしていた。

手でひさしを作り目を細めて観察すると、屋根の上には執事《しつじ》長《ちよう》と数人のメイドがポーズを決めて立っている。

「やはり来ましたか、元祖リオノール姫！」

「元祖って言うな！」

「と言われましても。我々は新リオノール姫を仰《あお》ぐと決めましたので。となると、そちら様はそっくりさん以外の何物でもありませんな」

「そこを動くんじゃないわよ。今から燃やしてやるから。『ファイ』痛っ！　何するのよ。詠唱《えいしょう》中に小突《こづ》くなんて危ないでしょ！」

バカな真似《まね》をしようとしたリオノール姫を止めたら、俺に突っかかってきた。

今、本気で撃《う》とうとしていただろ。

「いきなり魔法《まほう》をぶっ放す姫に言われたくねえよ！　屋敷に火が回ったらどうすんだ。まだ中にリーンがいるんだぞ」

執事長やメイドが燃えようが知った事じゃないが、リーンに危害を与《あた》えるのはダメだ。

「じゃあ、どうすんのよ」

「うーん」

悩《なや》んでいるうちに屋敷の中から兵士達まで現れやがった。

「リーン様の心配をされているようですが、ご安心ください。ここにいらっしゃいます」

執事長がすっと脇《わき》にずれると、そこにはドレス姿のリーンがいた。

腕《うで》を組み冷めた目で俺を見下ろしている。

「へえー、来たんだ」

「おう、来てやったぜ。さっさと帰るぞ、リーン」

「嫌よ。あんたは姫様といちゃいちゃしてればいいじゃない。昔みたいに」

リーンが頰《ほお》を膨《ふく》らまして顔を背《そむ》ける。

「もしかして、お前……妬《や》いてんのか？」

「悪い？」

えっ。……こいつ、なんて言った。

いつもなら、そんな事を素直《すなお》に口にするような女じゃねえよな。

「悪い、って言ったのよ。ここでダストの昔話を聞いたわ。結局アレでしょ。出会った時に、あたしに迫《せま》ってきたのもぜーんぶ、あたしが姫様と似ていたから。姫様が忘れられなかったからなんでしょ？」

「それは違《ちが》う。いや、確かに初めて見た時は姫と見間違えたが、一緒《いっしょ》にいるうちに俺は」

「言い訳なんて聞きたくない！　最近、少し見直して、少し、ほんの少しだけど……になれそうだったのに」

肝心《かんじん》なところの声が小さすぎて聞こえない。

それだけ言うと後ろに下がり、執事長が元の位置に戻《もど》って視線を遮《さえぎ》った。

「ほっほっほ。若者の甘酸《あまず》っぱいやり取りは格別ですな。さて、元ドラゴンナイト殿《どの》。新リオノール姫は話を聞く気がないようですが、どうされます？」

執事長は俺の素性《すじょう》を見抜いていたか。仮面をするだけ無駄なので外しておく。

話を聞く気がない……か。へそを曲げたリーンは何を言っても通用しないからな。そんな時は決まっている。

「んなもん、決まってんだろ。強引《ごういん》に連れ出して土下座でもなんでもしてやらあ！」

俺が言い切ると、呆《あき》れた視線が全身に突《つ》き刺さる。

「そこはもう少し格好《かっこい》良い台詞《せりふ》があるよな。ガラは悪くなったが相変わらず女の扱《あつか》いが下手で安心したぜ」

「そういうところは変わってませんね」

懐《なつ》かしい声に促《うなが》されて視線を向けると、中庭の木々の後ろから二人の騎士《きし》とドラゴンが現れた。

「お前ら……」

そこにいたのは元同僚《どうりょう》のドラゴンナイト二人。自称《じしょう》俺のライバルを名乗っていた騎士と、なぜか俺を慕《した》っていた後輩《こうはい》がいた。

姫様ご一行にドラゴンナイトも追従していたのか。

「もうちょっと言いようがあるでしょ。でも、ちょっと私も妬けるわね。ライン、あなたには本当に守りたい人が出来たのね」

寂《さび》しそうな声に振《ふ》り返ると、優《やさ》しく微笑《ほほえ》むリオノール姫と目が合う。

「ああ。大切な人を見つけたからな」

「そう……。私も吹《ふ》っ切れたわ。あのね、私……正式に結婚《けっこん》することが決まったのよ。だから、最後に一目、見ておきたかったのよ。あなたの姿を」

俺が国を出る直前、婚約が決まったとは聞いていた。

それからはあえて情報を耳に入れないようにしていたが……。そうか、今度こそ結婚するんだな。

「おめでとうございます」

その言葉が素直に口から出た。あの頃《ころ》の動揺《どうよう》はもうない。

それを聞いてリオノール姫はニコッと笑う。

「じゃあ、行きなさい。本当に守るべき姫の下《もと》へ！」

バンッと強く背中を叩《たた》かれ一歩前に出る。

「おや、この人数差を前にやるおつもりで？　こちらにはドラゴンナイトもいるというのに、どうやって対処するのでしょうか。姫の逃亡《とうぼう》を阻止《そし》するために集められた精鋭《せいえい》達ばかりですぞ。特にお付きのメイド達は実力のみを重視して、素性や性格を問わず集めた猛者《もさ》達ですからのう。お前達、今日ばかりは本性《ほんしょう》を出して構いませんよ」

まるで悪の首領のような口調だな。

「殴《なぐ》る！　殴る！　殴る！　ぐちゅぐちゅの挽肉《ひきにく》にしてやんぜ」

「あらまあ、今日の食材は活《い》きのいい人間ですかぁ」

「男を嬲《なぶ》って泣かせるのって、最高……」

拳《こぶし》を何度も突《つ》き出すメイド。

大きな鉈《なた》を愛《いと》おしそうに撫《な》でるメイド。

トゲの付いた鞭《むち》を振り回すメイド。

「また、キャラの濃《こ》いのを集めたな。……素性は気にしろよ」

「あの子達、そんなキャラだったのね……知らなかったわ」

リオノール姫の発言を信じるなら、日頃は猫《ねこ》を被《かぶ》ってんのか。

国の兵士とヤバいメイドに加えて、ドラゴンナイトまで揃《そろ》っている。

「万が一にも勝ち目はありませんぞ。今なら姫様が今までの行動を詫《わ》びて、泣きながら懇《こん》願《がん》したら姫様の座に返り咲《ざ》く事もやぶさかではあ――」

「そんなことするわけないでしょ。さあ、ダスト。あのバカ共を蹴《け》散《ち》らして！」

この状況《じょうきょう》でも強気で命令する、リオノール姫。

……そうでないとな！　ここで萎《い》縮《しゅく》して謝る姫なんて見たくねえ。

「承知いたしました。それじゃあ、こっちも本気を出すまでだ。ようやく出番だぜ、フェイトフォー」

俺はおんぶ紐《ひも》を外し、フェイトフォーを地面に下ろした。

まだ寝《ね》ぼけ眼《まなこ》で大あくびをしていたから、耳元でそっと囁《ささや》く。

「ここで活躍《かつやく》したら飯……じゃねえな。相棒、力を貸してくれ」

「うん、わかった！」

目を大きく見開き、嬉《うれ》しそうに破顔する。

ワンピースを脱《ぬ》ぎ捨てると、その体が膨張《ぼうちょう》していき背中から大きく白い翼《つばさ》が生えていく。

瞬《また》く間に本来の姿を取り戻したホワイトドラゴンが、その頭を俺の体に擦《こす》り付けた。

「まさか、その幼子がホワイトドラゴンでしたとは……。誰《だれ》にも見つからずに城を抜け出せたのはそういうわけでしたか」

驚《おどろ》きと感心が入り交じった感想を口にしている執事長を無視して、フェイトフォーの背に跨《また》がる。

その際に姫と再び目が合うと、一瞬《いっしゅん》だけ寂しそうな表情になり口を開いた。

「さようなら、私の騎士」

別れの言葉は口にせず、すっと手だけを挙げる。

「行くぞ、相棒」

その言葉を合図に大きく羽ばたくと、俺を乗せたホワイトドラゴンが空へ舞《ま》い上がった。

「わざわざ地上戦に付き合う義理はねえ。このままリーンを一気に連れ去るぞ」

「すみませんが、そういうわけにはいかないのですよ」

「ホワイトドラゴンの奪還《だっかん》も任務のうちでな。悪く思わないでくれ」

前方には二匹《ひき》のドラゴンと二人のドラゴンナイト。

「おいおい、ここは空気を読んで見逃《みのが》す場面だろ？」

「それを言わないでください。我々はライン先輩《せんぱい》と違って、悲しい宮仕えなのですから。すんなり通したら減俸《げんぽう》です」

「それによ。一度、お前と本気でやり合ってみたかったんだよ。訓練じゃなくて、マジの戦いでな」

二本持っていた槍《やり》の一本をこちらに投げ寄こす。

「冗談《じょうだん》じゃねえみたいだな」

この二人とは何度も槍を交えた事がある。負けた事は一度もないが、どちらも油断できない相手だ。

全盛期《ぜんせいき》なら二人相手にも楽勝だった。だけど俺はドラゴンナイトを辞《や》めて、二人はあれからも鍛錬《たんれん》を続けている。差がどれぐらい縮まったのか。

「グワルウ」

俺の心配を感じ取ったのかフェイトフォーが心配そうに鳴く。

「そうだよな。俺にはお前が付いている。それに冒険者《ぼうけんしゃ》になってから弱くなったつもりはねえ。あの頃より俺は強くなった」

肉体的な面だけではなく、精神的にも強くなった。

冒険者として強く賢《かしこ》く立ち回らなければ、今まで生き抜《ぬ》いてこられなかった。

「ライン先輩。お手合わせ願います！」

「いくぞ、ライン！」

「久々に稽古《けいこ》付けてやんよ！」

その言葉を皮切りに、フェイトフォーが背中の両翼《りようよく》を大きく羽ばたかせる。

第三者から見れば、空気を切り裂《さ》き夜空を駆《か》けるホワイトドラゴンの姿が、一条《ひとすじ》の閃光《せんこう》に見えているかもしれない。

風圧に髪《かみ》と頬が揺《ゆ》れる。

だが、俺は目を閉じずに二人のドラゴンナイトを見据《みす》えた。

慌《あわ》てて槍を構えた後輩《こうはい》に狙《ねら》いを定めて、横薙《よこな》ぎの槍を叩きつける。

「う、うわわわっ！」

辛《かろ》うじて一撃《いちげき》を防いだようだが、勢いに押されて体勢が大きく崩《くず》れている。

このまま一気にねじ伏《ふ》せるために槍を突《つ》き出したが、相手に触《ふ》れる直前に狙いを変更《へんこう》した。横合いから伸《の》びてきた穂先《ほさき》を、槍の石突《いしづ》きで弾《はじ》く。

「おいおい、このタイミングの攻撃《こうげき》を弾きやがるのか。相変わらず、冗談みたいな槍捌《やりさば》きしやがる。こんな安定しないドラゴンの背で、よくやるな」

邪魔《じゃま》したのはもう一人のドラゴンナイト。自称ライバルだった男だ。

「先輩、助かりました」

「油断するんじゃねえぞ。アイツは、天才と呼ばれた男だ」

「重々承知しています。僕の憧《あこが》れでしたから！」

二人の目の色が変わる。こりゃ、簡単にはやらしてもらえねえか。

「正々堂々お相手しよう！　とか言うんだろうな昔の俺なら」

風を切り裂き迫《せま》る二体のドラゴンナイトを見てニヤリと笑う。

そして、槍を持っていない方の腕《うで》を掲《かか》げると……指をパチンと鳴らした。

「なんのつもり……なんだっ、急な眠気《ねむけ》がっ」

「こ、これは魔法《まほう》？　でも、どこから」

額に手を当てて眠気を振り払《はら》おうと必死な二人に接近して、槍を振るう。

武器を叩き落とし、石突きで相手の腹を突《つ》く。

騎手《きしゅ》が気を失った事で戦意喪失《そうしつ》したドラゴン達が、落とさないように気遣《きづか》いながら地上に降りていく。

「戦いってのはここだぜ。なあ」

自分の頭を指でトントンと叩き、更《さら》に上空を見上げる。

そこにはいつもの下着同然の姿で腕を組む、ロリサキュバスがいた。

「あのー、悪魔としても、今のは正直どうかと思います。格好《かっこい》良い戦闘《せんとう》シーンを見せつける場面ですよね?」

「何言ってんだ。どんな手を使っても勝てばいいんだよ。勝者は好き勝手に歴史をねつ造できるんだぞ。卑怯《ひきょう》な手でも勝ちさえすれば、それは優秀《ゆうしゅう》な戦略として世に残るのが相場ってもんだ」

「そういう次元の話じゃないですよね……」

納得《なっとく》してないみたいだが、それでも作戦通りに動いてくれたから良しとするか。

門を潜《くぐ》ってからロリーサは直《す》ぐさま別行動に移った。

敵は俺やリオノール姫《ひめ》に注目しているのは分かっていたから、俺達が敵を引きつけているうちに上空に退避《たいひ》させていた。俺が指を鳴らしたら魔法を撃《う》つように伝えて。

「なんにせよ、助かったぜ」

「はい。でも本当にダストさんが、あの噂《うわさ》のドラゴンナイトだったとは。知らない方がいい現実ってあるんですね。ゆんゆんさんには絶対に教えられませんよ」

「ほっとけや」

俺はロリサキュバスの秘密を握《にぎ》っているので、こっちの秘密を教えても大丈夫《だいじょうぶ》だと判断して、事前に素性《すじょう》を明かしておいて助かったぜ。

「あとはリーンさんを誘拐《ゆうかい》するだけですね。頑張《がんば》ってくださいい、騎士様」

「元だ元。それに誘拐じゃねえよ。連れ戻《もど》すんだってのー」

フェイトフォーの首筋をぽんぽんと叩《たた》くと、俺の意図を理解して屋敷《やしき》の屋根に向かって滑空《かっくう》する。勢いよく向かってくる俺達に恐《おそ》れをなしたメイド達が一斉《いっせい》に逃《に》げていく。

唯一《ゆいいつ》、執事長《しつじちょう》だけは微動《びどう》だにせず、俺達が脇《わき》を通り過ぎるのを見守っていた。

屋根の上に降り立つと、正面にリーンがいる。じっと半眼で俺を睨《にら》みながら。

「なんで来たのよ。あんたのお姫様はあっちにいるわよ」

「お前を迎《むか》えに……さらいに来たんだよ。俺の姫は……お前だよ、リーン」

そう言ってすっと手を差し伸《の》べる。

恥《は》ずかしさを我慢《がまん》して言ったというのに、リーンの反応が薄《うす》い。

差し出した手が握《にぎ》られる事もなく、逃げようともしない。

ただじっと、うつむいているだけだ。

「もしかして、照れてんのか？」

「うっさい、こっち見んな！　仕方ないでしょ、こんなの慣れてないんだから」

こっちを一度も見ないで背を向けられた。

一陣《いちじん》の風が髪を巻き上げた際に見えた首筋が、真っ赤だ。

フェイトフォーが気を利《き》かせて体を屈《かが》めてくれたので、リーンの腰《こし》に腕を回して持ち上げる。

「きゃっ、何すんのよ！」

俺の前に座らせるとバタバタと暴れている。

「夜の散歩としゃれ込もうぜ」

抵抗《ていこう》するリーンを後ろから抱《だ》きかかえたまま、夜空へと飛び立つ。

すると途端《とたん》に大人しくなった。

「うわー、綺麗《きれい》……。アクセルの街って上から見たらこうなっていたのね」

感嘆《かんたん》のため息が漏《も》れている。

少し機嫌《きげん》が直ったみたいだから、このまま遊覧飛行を続けるか。

「ねえ、ダスト。本当に良かったの？　姫様と一緒《いっしょ》にいないで」

「それなんだが、一つ大きな勘違《かんちが》いしてんぞ。リオノール姫は……もうすぐ人妻だ」

リーンは眼球がこぼれ落ちそうなぐらい目を見開き、大口を開いてぱくぱくしている。

かなり驚《おどろ》いているな。

「……はあああああっ!?　えっ、嘘《うそ》でしょ!!　だって、あんたと駆《か》け落ちして」

「駆け落ちじゃねえよ。連れて逃げたのは間違っちゃねえが。あの後、婚約《こんやく》は破棄《はき》されたんだが、別の相手からの婚姻《こんいん》の申し出があってな。近々、無事結婚するそうだぜ」

俺もさっき知ったばかりだけどよ。

「なーんだ、ばっかみたい。じゃあ、もう、リオノール様の事はなんとも思ってないの？」

いつもなら誤魔化《ごまか》したり、茶化《ちゃか》して答えるところだが。

「さっきも言っただろ。今の俺が守るべき姫は、お前だよリーン」

恥《は》ずかしさが限界を超《こ》えそうだが、それでもなんとか言えた。

「ぷっ、ガラじゃないわね。あれー、もしかして照れてんの？」

「こっち向くんじゃねえよ！」

さっきの意趣返《いしゅがえ》しとばかりに、肩《かた》に頭を乗せたリーンが俺をからかってくる。

以前、姫を乗せて飛んだ夜よりも、今日の夜空の方が忘れられそうにないな。

エピローグ

リオノール姫達一行は元の鞘《さや》に収まって、アクセルの街を出て行った。

今から本来の目的地であるベルゼルグ王国に向かうそうだ。

街中でドラゴンに戻ったフェイトフォーを飛ばしたのだが、深夜だったのでホワイトドラゴンを目撃《もくげき》した住民はほとんどいなかったようだ。街の噂話《うわさばなし》にも出てこないのでほっとしている。

リーンとの関係は……特に進展はない。

「何情けない顔してんのよ」

今も目の前でサラダをいつものように食っているだけだ。

まあ、そんなもんだよな実際は。

あの後、はしゃぐだけはしゃいだら緊張《きんちょう》の糸が切れたらしく、ドラゴンに乗ったまま寝《ね》やがったからな。

「なーんか、お前らあの日から変じゃねえか？」

突然《とつぜん》話に割《わ》り込んできたキースが妙《みよう》な事を口にした。

「いつもより距離《きより》が近いっていうか、変に意識しているっぽいんだよなあ」

「な、な、何言ってんのよ。あたしがダストに対してそんな感情抱《いだ》くわけがないじゃない！」

珍《めずら》しく取り乱してキースに文句をぶつけている。

もしかして、リーンも少しは意識しているのか？

「キースよ。からかうんじゃない。もしそうだとしても、それは当人同士の話だ。むしろ、ようやくか、としか思わんがな」

「テイラーまで変な事を言わないで！」

「いいじゃねえか、リーン。やっぱ、仲間にはバレちまうもんだな。ほら、いつものように愛を囁《ささや》いていいんだぜ？」

「ぶっ殺すわよ！」

「ぼぐるおあああっ!!」

全力で顔面を殴《なぐ》られて椅子《いす》ごと後ろに吹《ふ》き飛ばされた。

「てめえ、照れ隠《かく》しにしても限度があるだろ！　いい加減ブチ切れたぜ！　説教してやるから表に出やがれ！」

「望むところよ。先に出てなさい！」

くそっ。ちょっとは進展したかと思ったらこれだ。一度、どっちが上かハッキリさせる必要が……。

「ぬおおおおっ！　てめえ、後ろから魔法撃《まほううち》ちやがったな⁉」

詠唱《えいしょう》が聞こえたから咄嗟《とっさ》に横に飛んだら、さっきまでいた場所を魔法の光が通り過ぎて、ギルドの扉《とびら》から出て行きやがった。

「ちっ、避《よ》けたわね」

「避けなきゃ死んでるからなっ！」

俺達が大声で喧嘩《けんか》しているのに、仲間達は呑気《のんき》に笑いながら眺《なが》めているだけだ。

それどころか、

「おっ、久々にリーンとダストの喧嘩か！　俺はリーンに賭《か》けるぜ」

「俺もリーンに。というか、ダスト負けろ！」

「リーン頑張って！　いざという時はアシストするわよ！」

冒険者《ぼうけんしゃ》共が騒《さわ》ぎ始めやがった。

「なんで全員、リーンの味方なんだよ！」

「「日頃《ひごろ》の行い」」

リーンを含《ふく》めた全員が同じ事を言いやがった。

「ハモんじゃねえよ！」

くそっ、騒がしい連中ばかりで……最高じゃねえか。

リオノール姫《ひめ》。やっぱり、俺にはここがあってますよ。仲間と一緒に過ごす毎日が本当に楽しくて。

「うごっ！　人が物思いにふけっている最中に攻撃《こうげき》すんじゃねえよ！」

「どうせ、また愛《いと》しのお方の事でも考えていたんじゃないの？」

また蒸《む》し返すのかその話を。

そっちがその気なら俺にも考えがある。

「俺が愛しているのは、リーンお前だけだぜ」

公衆の面前で堂々と言い放ってやった。

「「おおおおっ！」」

色めき立つ、野次馬《やじうま》連中。

俺の思いも寄らない発言に、この場にいる全員の視線がリーンに集まる。

肝心《かんじん》のリーンは照れているのか、前みたいにうつむいてぷるぷる震《ふる》えていた。

「さあ、俺の胸に飛び込んできていいんだぜ」

両腕《りょううで》を広げて抱《だ》きつきを受け止める体勢を整えると、腹に頭突《ずつ》きが突き刺《さ》さった。

「バカな事を言わないでよ。あたしが、そんな真似《まね》するわけないでしょ。……こんな場所じゃ恥《は》ずかしいし」

最後の方は聞こえなかったが、お前がそういう態度を取るなら俺にも考えがある。

「人が下手に出てりゃ調子に乗りやがって！　ここでひん剝《む》いて、詫《わ》び入れさせてやらあ！」

「やれるもんなら、やってみなさいよ！」

いつものように喧嘩が始まると、酔《よ》っ払《ぱら》った冒険者達も集まってきて大騒ぎへと移行する。

まったく、バカばっかだが居心地《いごこち》のいい街だぜ。

「皆《みな》さんもう少し静かにしてもらえませんか！」

盛り上がっているところに水を差したのは、受付嬢《うけつけじょう》のルナだ。

俺も含めた冒険者連中が、ルナの大声と迫力《はくりょく》に黙《だま》り込む。

「今、緊急《きんきゅう》招集を掛《か》けていますので、ギルド内にいる冒険者の方々はこの場でしばらくお待ちください」

「おいおい、どうしたってんだ。この程度のバカ騒ぎいつもの事だろうがよ。それに緊急招集ってなんだよ」

いつもなら笑って見過ごす場面なのに、今日に限ってどうしたってんだ。

「実はこの街に魔王軍の襲撃《しゅうげき》があるとの噂についで、お伝えしたい事があるのです」

その真剣《しんけん》な表情と声に、俺達の熱は……一気に冷めた。

あとがき

皆様《みなさま》、六巻は如何《いかが》でしたか？

六巻は《続・この素晴《すば》らしい世界に爆焔《ばくえん》を！》でアイリスが口にしていた噂話《うわさばなし》の真実が明らかになっています。

噂話では悲恋《ひれん》を描《えが》いた物語になっていましたが、本当のところは……本編でご確認《かくにん》ください。

今回の話でメインを張っている姫様《ひめさま》なのですが、このキャラをどうするかはかなり悩《なや》んだのですよ。暁《あかつき》先生から資料は頂いたのですが、本編で出番のないキャラなので細かい性格や肉付けは私が考えさせてもらいました。

このすばファンの皆様はご承知でしょうが、脇役《わきやく》どころかモブキャラまで個性あふれる面々が揃《そろ》っているこの世界で、キャラが埋没《まいぼっ》しないように、目立つようにするにはどうすればいいのか。フェイトフォーに続いて、本当に頭を悩ませました。

普通のラノベなら目立つ性格でも、このすばでは没個性になりかねませんからね！

その姫様といえばリーンと瓜二《うりふた》つな顔をしているのですが、実は簡単に見分ける方法があります。視線を少し下に落とすと違《ちが》いがありますので。

ただ、服装で誤魔化《ごまか》しが可能なので、親しい人以外は気づかないでしょう。あと、じっくり見比べると魔法が飛んでくると思います。

ちなみにダストの過去設定の資料を頂いて、初めて目を通したときの素直《すなお》な感想は「誰《だれ》だこれ？」でした。

いやだって、あのダストですよ？

カズマよりも酷《ひど》いと言われているクズの代名詞みたいなキャラが、天才ドラゴンナイトだっただけでも驚《おどろ》きなのに、あの性格ですからね。

そんな騎士の鑑《かがみ》だった彼に影響を与えた人物、それが姫様です。

……よくよく考えると、この物語で一番やらかした人物なのでは？

キャラばかりではなく、内容についても少し話しておきましょうか。

アクセルの街にやってきたリオノール姫。従者と一緒《いっしょ》では満喫《まんきつ》できないと考え、そっくりなリーンと入れ替わり、自由気ままに楽しんでいたところに……。

といった展開になっています。ぶっちゃけリーンは巻き込まれただけです、かわいそうに。

キャラといえば、このスピンオフ作品を書いていて一番頭を悩ませるのが、キースとテイラーの扱《あつか》いだったりします。もう少し出番を増やして活躍《かつやく》させてやりたいのですが。

そういえば、皆様は映画《この素晴らしい世界に祝福を！紅《くれない》伝説》ご覧になりましたか？　もちろん私は映画館に行ってきましたよ。以前にあとがきでも触れましたが、元々このすばのファンでしたので、スピンオフ作品を書いてなかったとしても確実に観《み》に行ってました。

テレビ版も最高でしたが、映画館で観ると迫力《はくりょく》が違います。音響《おんきょう》も映像も素晴らしく、何より嬉《うれ》しかったのが他《ほか》のお客様と一緒に笑えたことです。

あの臨場感と一体感。映画ならではの魅力《みりょく》ですよね。

ただ、惜《お》しむべくは公開日に行く予定が風邪《かぜ》を引いてしまい、この状態で観に行ったらひんしゅくを買うのは確実だったので、泣く泣く治るまで引きこもりやってました。

そして完治してから映画館に向かったのですが……なかったのですよ！　第一弾《だん》特典の小説が！

あー、欲しかったなー特典。これを読んだ担当さんが、何処《どこ》かから手に入れて、こそっとくれないかなー。

紅伝説だけにっ！

……では、恒例《こうれい》の皆様方へのお礼と感謝の言葉を。

暁なつめ先生。十六巻最高でした！　次の巻が早く読みたいです。でも、終わりが近づいているので、読みたいような読みたくないような、複雑なファン心理だったりします。

三嶋《みしま》くろね先生。十六巻表紙のカズマを見て嬉しくなりました。いつもは他のキャラの後ろに控《ひか》えているカズマが、ようやく前に出て仲間を引き連れている姿を見られて感無量です。

憂姫《ゆうき》はぐれ先生。フェイトフォーに続いて本編では絵のないリオノール姫のイラストありがとうございます！　鑑賞《かんしょう》している時の私のゆるんだ顔は人様には見せられません。

スニーカー文庫編集部の皆様、担当のM氏、この本に関《かか》わってくださった皆々様。いつもお世話になっております。今回もありがとうございました！

そして、この六巻を手に取って頂いた読者の皆様。本当にありがとうございます！

昼熊《ひるくま》

ついに物語も佳境!
イラストも最後まで
がんばります!

憂姫はぐれ

愚か者六巻、
発売おめでとうございます!
映画にアプリと各方面に
展開中のこのすばですが、
本編共々どうぞ書籍を!

暁 なつめ

愚か者6巻発売
おめでとうございます!!
ダストはやればできる子だった…!!
個人的にもリーンと
どうなるのか気になりますよーっ!?

三嶋くろね

この素晴《すば》らしい世界《せかい》に祝福《しゅくふく》を！エクストラ
あの愚《おろ》か者《もの》にも脚光《きやつこう》を！6
騎士《きし》の誓《ちか》いをあなたに

原作　暁《あかつき》　なつめ
著　昼熊《ひるくま》

角川スニーカー文庫　21974

2020年1月1日　初版発行

発行者　三坂泰二
発　行　株式会社KADOKAWA
〒102-8177 東京都千代田区富士見2-13-3
電話　0570-002-301（ナビダイヤル）

印刷所　株式会社暁印刷
製本所　株式会社ビルディング・ブックセンター

●お問い合わせ
https://www.kadokawa.co.jp/（「お問い合わせ」へお進みください）
※内容によっては、お答えできない場合があります。
※サポートは日本国内のみとさせていただきます。
※Japanese text only

Printed in Japan　ISBN 978-4-04-108251-5　C0193

★ご意見、ご感想をお送りください★
〒102-8078 東京都千代田区富士見 1-8-19
株式会社KADOKAWA　角川スニーカー文庫編集部気付
「昼熊」先生／「憂姫はぐれ」先生
「暁 なつめ」先生／「三嶋くろね」先生